Anatomía sensible

VOCES / LITERATURA

COLECCIÓN VOCES / LITERATURA 285

Nuestro fondo editorial en www.paginasdeespuma.com

Andrés Neuman, *Anatomía sensible*
Primera edición: octubre de 2019
Segunda edición: diciembre de 2019

ISBN: 978-84-8393-265-0
Depósito legal: M-23722-2019
IBIC: FYB

Editorial Páginas de Espuma
Madera 3, 1.º izquierda
28004 Madrid

Teléfono: 91 522 72 51
Correo electrónico: info@paginasdeespuma.com

Impresión: Cofás

Impreso en España - Printed in Spain

Andrés Neuman

Anatomía sensible

ÍNDICE

Nadie está por encima de la ropa sucia.

Cynthia OZICK

La sensibilidad pertenece a esa área de las impresiones
que precede al ego, una clase de reacción que es y no es mi reacción.

Judith BUTLER

Pasa de estado imperfecto a resultado espectacular en unos segundos.
Haz que los elementos no deseados desaparezcan con un solo trazo.

ADOBE PHOTOSHOP ELEMENTS 12

Trascendencias de la piel

Más que recubrirlo, entrega el cuerpo. Expone lo mismo que protege. La piel es lo más propio y, sin embargo, confirma la aparición ajena. Motor hipersensible, colecciona agresiones. Propaga las caricias. Y parece condenada a exagerar. Se le atribuyen aproximadamente cuatro kilogramos y dos metros cuadrados de infinito.

Además de constituir un solo, omnipresente órgano, la piel posee memoria absoluta, como un oído que sintiese el daño en todas las frecuencias. Recuerda cada día con rencor justiciero. En este sentido, representa una suerte de divinidad anatómica. Por eso la adoramos.

Intercambia líquidos, toxinas, intuiciones y afectos con el mundo exterior. Vive rozando sus límites: es su vicio ontológico. Gracias a esa insistencia sabemos que el dolor y el placer son profundidades de superficie, buceos en el reino del ahora. Que no hay frío ni calor, solo pieles que buscan abrigo o se zambullen.

Observada con lente cobra un aire de soga náutica, acaso porque nace sospechando las tormentas de la edad. En etapas ancianas, su sequedad desprende partículas de experiencia y cada mancha adquiere cierta cualidad de Altamira. Al otro extremo, la piel de bebé se nos derrite casi entre los dedos y opera un pequeño prodigio: la cosquilla la siente quien la toca.

Una sedosa nos cautivará con sus brillos de papel de regalo, pero su carácter resbaladizo tenderá a escabullirse. Mejor tracción presenta una piel áspera, con sus terrenos propicios para la velocidad del tacto. Las sebosas se dejan amasar con paciencia panadera. Admiten amontonamientos, pliegues y todo género de pellizcos. Las sudorosas emergen al ritmo de las uvas bajo el agua. La falta de prestigio ha empañado su generosidad, que accede a confundir nuestra suciedad con la suya. Sumando otro relieve a su relato, la tatuada se enorgullece de refundarse. Algunos especialistas la llaman metapiel.

En materia de colores, las cegueras políticas suelen eclipsar las realidades ópticas. ¿No parece ridículo postular la hegemonía del color más tenue, el menos destacado en la escala cromática? El don de una piel clara reside en que la luz pasa a través de ella, dejando que las venas se iluminen. El de una piel oscura, en que absorbe esa misma luz, reforzando sus contornos. Otras destellan en función del horario: las aceitunadas se inspiran por las tardes, cuando el sol se hace tierra, mientras que las trigueñas agradecen las mañanas y su brío de yema de huevo.

El capitalismo no ha tardado en explotar las mudanzas de tono, desde obsesivos tratamientos blanqueadores al chamuscado ultravioleta. Nadie ignora el abismo que separa las pigmentaciones de una modelo afro o una estrella del hip-hop y las de un inmigrante cualquiera. También la claridad tiene sus gamas. Nunca serán iguales la lividez malnutrida, la palidez del estudiante y esa blancura preservada bajo parasol.

Quizá la mayor impropiedad consista en reducir la piel a su primera capa. Que es, dermatológicamente hablando, anecdótica para su estructura. Si recurrimos a un dibujo longitudinal, su aspecto puede resultar desconcertante: un colchón por el que asoman los resortes del vello; un acuario poblado de algas psicodélicas; y un apacible suelo cereal. Examinemos estos tres estratos.

En la epidermis se manifiestan los accidentes de la identidad. Unos cuantos fanáticos han creído ver jerarquías en sus índices de melanina, convirtiendo prejuicios en esencias. Ni siquiera la piel escapa al autoengaño.

Aparte de multiplicarla en grosor, la dermis la supera en sensaciones. En esta área se localiza el tejido conectivo o social. De ahí que en ella proliferen glándulas laborales y concentraciones elásticas. Acciones nerviosas y vasos sangrientos. Golpes y traumatismos. Todo eso, en síntesis, que somos más al fondo.

En los espesos yacimientos de la hipodermis aguarda otra clase de energías. La reserva del peso de las cosas. La despensa general, con una convicción de abuela de provincias. Ya no hay pose que valga en sus dominios, lo que impera aquí abajo es pura franqueza. Grasa. Vida. Verdad.

Las patologías de la piel conquistan, poro a poro, nuestra predisposición. Van trabajando la susceptibilidad hasta causarnos lesiones autorreferenciales. Ensayos clínicos realizados por los más rigurosos poetas demuestran que la dermatitis es un temperamento; la urticaria, un rubor que no cesa; el herpes, un regreso del fantasma; la psoriasis, una *performance* de la angustia; el vitíligo, un olvido en expansión; y el acné, una crisis ante el paso del tiempo.

Precisamente el tiempo va imprimiendo, como en código morse, su interés por la piel. Puntos, rayas. Gozos, sustos. Celebramos y tememos esos mensajes. Narramos el argumento de cada marca. Sobrevolamos archipiélagos de lunares. Y a veces, conteniendo el aire, confiamos en la elipsis de alguna extirpación.

Procedería preguntarse si en la piel hay heridas o si, en términos históricos, la piel es una herida en movimiento. Desde la trinchera que separa las batallas del pasado y la supervivencia presente, responden las cicatrices.

Magnitud de la cabeza

Para bien o para mal, aquí empieza y concluye la persona. Sus puntos de partida y sin retorno parecen concentrarse en esta aparatosa corona que desafía el equilibrio de la especie.

El pacto entre cabeza e individuo funciona con implacable reciprocidad. La primera sostiene al segundo, con frecuencia a pesar de sus emociones; y este debe soportar las múltiples cargas de aquella. Tal es el caso de las tradicionales cabezadas, que someten nuestra rectitud a la gravedad del sueño.

La cabeza puede pensarse en bloque, como un pesado todo. O bien como recipiente con ínfulas de contenido, una oquedad en torno al gran secreto. Las reglas de juego cambian cuando agita su sonajero de ideas.

Es también cómplice del trajín *like/dislike* de nuestro tiempo: se pasa el día asintiendo o negando. Cada uno de estos tics, en apariencia irresistibles, tiene su propia dinámica.

Los síes comprometen a los sótanos occipitales y la vértebra Atlas, que sujeta el mundo mental. No es nada fácil asentir varias veces consecutivas, ya que el trabajo de la cabeza al dejarse caer y enderezarse de nuevo resulta extenuante. El placer de la negativa se nutre en cambio de la inercia, reproduciendo sin esfuerzo los noes. Tan solo se requiere el concurso del sujeto cabezón.

El repertorio de caricias capitales presenta numerosas inflexiones. Conocemos la de ternura, con tendencia a circular por la región frontal o parietal. La condescendiente, que aplica un irritante repiqueteo en la coronilla. La protectora, con participación de ambas manos en la región temporal. Mayor duración muestran la de consuelo, respetuosamente limitada a las zonas posteriores, o la provocadora, a base de palmaditas laterales que repercuten en el hueso esfenoides y la paciencia del prójimo.

Para nuestra mano entrometida, cada cráneo infantil representa una lámpara de Aladino: esperamos que brote alguna maravilla. Si este ademán se acompaña de grititos y onomatopeyas, la malaventura quedará garantizada.

Dos cabezas que se encuentran son capaces de todo. De producir conceptos más altos que la suma de sus vuelos. De anularse entre sí, desperdiciando con ejemplar torpeza sus respectivos recursos. Y de leer a la vez una misma línea de la realidad, acto que las corrientes esotéricas llaman telepatía y que aquí denominaremos atención en equipo.

Dominan asimismo el arte de encajar o permutarse en el saludo, bordeando la acrobacia cuando incluye un intercambio de dos, tres o más besos. En ausencia de roce, se distinguen los siguientes niveles de reconocimiento: alzado, inclinación y reverencia. Esta última exige a ambas cabezas un plus de coordinación, para evitar que el protocolo devenga en accidente.

Pero la testa es además instrumento de la mayor agresión en un bípedo con malas intenciones. Irónicamente, la trayectoria de este ataque comprende el arco de todos los saludos antedichos. Podemos observar una variante en el choque de cornamentas viriles, ceremonia de selección del macho alfa, mientras su comunidad evoluciona hacia las líderes omega.

Si tenemos en cuenta el desorbitado número de tareas que se ve obligada a simultanear, la cuestión del tamaño está lejos de resultar baladí. Ello no impide que, como de costumbre, la magnitud dependa de la destreza.

Las cabezas voluminosas escenifican la amplitud natural del pensamiento, que rara vez acepta límites. Camuflarlas no es menos dificultoso que llevarles la contraria. Las pequeñas poseen un talento innato para acotar y reducir problemas que en cualquier otra se agigantarían. Por regla general, se lucen *a posteriori*. Las medianas llegan al sentido común con envidiable facilidad. No hay sombrero que deje de darles la razón.

En cuanto a su forma, las dolicocéfalas o aplastadas abundan en quienes sienten el peso de cada opción, cada argumento, cada error. Las braquicéfalas o alargadas suelen preocuparse bastante menos y se enfocan en sus aprendizajes; de ahí su diseño vertical. De contextura más afilada, las ovocéfalas analizan sin miramientos. Su aerodinámica logra que las críticas pasen con rapidez. No faltan investigadores empeñados en catalogarlas como étnicas. Cometen un desliz de principiantes: no ser conscientes de su propia tribu.

En mitad de estas consideraciones, o justo delante de ellas, sobresale una invitada estelar. La única, la grande, la inconfundible frente. Su prominencia desconoce el pudor. Taparla es todo un reto: siempre se escaparán porciones entre el flequillo, rodajas bajo el gorro. Pergamino vital, en ella va inscribiéndose la historia de su cabeza. Por eso los *liftings* y otros borrados revisten aquí consecuencias fatales.

El oficio de cubrir cabezas abarca de lo sagrado a lo iconoclasta, desde el temor divino hasta una irreverencia de suburbio, sin renunciar a la bohemia.

El sombrero les presta alas, en busca de una elevación acaso inalcanzable para lo que en realidad contienen. Menos aspiracional, la gorra las adorna sin transformarlas. Si el turbante las retuerce en consonancia con su lógica, un casco se propone resguardar, sustituir, omitir las cabezas. El modelo obrero finge cuidar del trabajador, que se lanza sin otras precauciones a la intemperie laboral. El deportivo incorpora protecciones delanteras, tonos épicos y fines millonarios. Saltando al templo, una kipá corona la bóveda de la fe y un hiyab envuelve el trance de la plegaria.

En postura cabizbaja las inquietudes se agolpan bruscamente en la zona frontal, produciendo un efecto de maraca. Para ladear la testa, basta trasladar algunas dudas hacia los parietales. El retroceso se consigue amontonando los olvidos en el fondo occipital. Cuando lo acontecido no cabe en su reducto, solo queda agarrarse la cabeza.

Nos consta que sus juicios engendran monstruos. Dos bestias mitológicas, Cefalea y Migraña, la asedian sin piedad. Y no descansarán hasta que el cráneo pose calavera.

Revoluciones del cabello

Periódicamente amputado y a la vez objeto de incansables atenciones, el cabello no sabe qué esperar de la cabeza donde arraiga. A semejanza de la salud o el dinero, solo comprenden su valor quienes disponen de muy poco.

Podríamos suponer que su cometido es el énfasis: realzar un salto, aderezar la danza, subrayar las negaciones. Otra hipótesis digna de examen sería la ocultación. Toda melena tiene, de hecho, algo de biombo. Tampoco debería descartarse lo opuesto, que su misión consista en delatarnos. Lo insinúa ese rizo ajeno en nuestra almohada.

Hay quienes rechazan dichas interpretaciones, defendiendo que la gracia del cabello radica en su absoluta falta de propósito. Según esta corriente teórica, se trataría de una especie de capricho en marcha: un crecer porque sí, un por qué no extendernos. Cabría incluso un planteamiento mixto. Infinitamente dividido en pelos discrepantes, desempeña al mismo tiempo los roles anteriores y ninguno en particular.

El cabello conoce dos temibles enemigos, la alopecia y la poesía. Una lo va debilitando; la otra lo remata. Por cada verso que se comete acerca de alguna cabellera dorada como el sol, un pelo se arroja al vacío en señal de protesta.

Al igual que en todo estilo literario, en cada peinado se enredan el temperamento, la imitación y las limitaciones. Peinarse es una actividad política. Quizá por eso nuestras revoluciones en este campo suelen terminar en decepción.

El peinado patriarcal es inflexible y un punto pegajoso. El militar se ejecuta de golpe. Siempre correcto, el burgués jamás se pasa de la raya. El rebelde corre el riesgo de despreciar unas normas para obedecer otras. De contornos más libres, el anarquista rechaza las instituciones peluqueras.

En efecto, una cabeza despeinada carece de sistema, no de principios. Solo así alcanza su plenitud. Al revolcarse en compañía adquiere cierto aire accidentalmente artístico, como el experimento de una vanguardia efímera. Cuando despierta, se alza a su antojo y toma la calle dispuesta a la infracción.

Cortarse el pelo representa una iniciativa demasiado drástica para hacernos responsables de ella: he ahí la astucia moral de las peluquerías. La cabellera larga acaba donde empieza la impaciencia. La corta afila el carácter. Un súbito rapado destapa la imaginación, al modo de un artefacto con los circuitos a la vista. Entre la doma y el instinto, las rastas se enroscan para emanciparse. Extraño propósito el de plancharse el pelo, semejante a extender una sábana en el mar. Está demostrado que, tarde o temprano, toda línea recta entrará en bucle.

El cabello femenino tiende a dialogar con quien lo mueve. Transmite sacudidas, rotaciones de acróbata. Resiste por orgullo. Muta por ansiedad. Con gratas excepciones, el masculino se somete a un autocontrol legionario, impasible ante sus cambios de humor. Numerosas mujeres se acomodan con los dedos el peinado, abriéndolo en arpegios, y otros tantos hombres lo reafirman con la palma de la mano para que no se les disperse la simetría. En esa mínima, abismal diferencia cabe la historia entera de nuestra educación.

Un joven con melena incomoda a la navaja colectiva. Una joven rapada, por su parte, se enrola en un frente que ataca por sorpresa el arquetipo. Con el tiempo, el almanaque capilar va perdiendo hojas. Algunos se lanzan a redistribuirlas con angustia y otros, a colorearlas. La cana es la condecoración del cabello valiente, un baño de plata por sus años de servicio.

Los cráneos canosos reflejan el cielo nublado, emitiendo un vapor de memoria. Los castaños absorben el riego de la tierra. Los azabaches pescan a oscuras. Los afro se llenan de recovecos, luchas y trabajo. En cada cráneo rubio anida una playa adolescente y un pánico a los callejones. De los amores pelirrojos nada puede decirse sin que la boca se manche de grosellas: son empresa sibarita.

Como todo lo que apreciamos, el cabello soporta variadas agresiones. Su resiliencia se forja entre lluvias ácidas, maltratos escolares y propagandas de champú. Pese a su mala fama, el graso nos brinda una resina óptima para instrumentos de cuerda. El seco desprende migas microscópicas, recuerdos cereales. Desagraviemos por fin a la caspa, ese rastro de las cabezas especulativas que se esparce allí donde han razonado. Cuando alguna idea nos visita, ella lo festeja con su piñata.

Sin agitación no hay relato: poco nos dice una cabellera estática. Hace falta verla discurriendo, posicionándose, rectificando. Sus mechones ilustran el monólogo de la espalda y sus puntas matizan la opinión del hombro.

Fuera de su hábitat, un cabello afronta las más absurdas odiseas. Tomemos, por ejemplo, ese de ahí. Se descuelga entre lianas. Se aventura por un precipicio. Ya no es del cuerpo, es del azar. Sus andanzas concluirán en los remolinos del baño o en el puerto de alguna papelera. Aunque quizá, si hay suerte, el pelo polizón se quede agazapado en una esquina, a la espera de una cabeza mejor.

El pene sin atributos

La responsabilidad histórica no le permite asumir su gloriosa nimiedad. A semejanza de un texto ilegible por exceso de cercanía, sus misterios son frontales. Se esconden a gritos.

El poder del pene –y, muy en especial, su inoperancia– radica en la terquedad del epicentro. Como esas pequeñas ciudades que se sueñan a cargo de un país, este apéndice con ínfulas nace en estado de alerta, se reproduce por semiótica y muere sin salir de su error. Lleva toda una vida descubrir la ironía del pene, que convierte cada imagen en un autorretrato.

Hay quienes lo detentan al estilo de un cetro: su monarquía es menos absoluta que breve. Otros lo consideran pilar de su existencia, lo cual tiende a combarlo. Para algunos representa un viejo tronco, asociación que propicia comportamientos leñadores. Los amantes del motor visualizan quizás una palanca. Sus aceleraciones arriesgan al piloto y, con frecuencia, su sentido del freno. Los racionalistas lo sintetizan en una transversal propensa a las intersecciones.

Los malentendidos acerca de la erección –muy al contrario que ella misma– parecen no tener fin. Declarar que el miembro relajado se halla *en reposo* lo reduce a una suerte de larva, o a un invertebrado preparándose para hibernar. Lo cierto es que nunca duerme: lo desvela el puntual campanario del testículo.

Cuando el pene prospera, cuando escala, nos provoca un asombro inaugural. Este principio no se circunscribe en modo alguno al miembro propio. Ni la más severa de las carmelitas ni el más homófobo de los censores lograrán reprimir, frente a este efímero despertar, un instante de interés. Pataleos, escarnios o repulsas vendrán después a socorrer al testigo. Pero ya será tarde para que la retina olvide.

Junto a la gravedad y la rueda, probablemente el coito sea una de las obviedades más extrañas de las que tenemos noticia. Los forcejeos arrancan en su gramática. ¿El miembro ejerce de sujeto, objeto o circunstancial? ¿Cuántas voces pasivas exige una voz activa? Ebrio de propiedad, el diccionario delira que penetrar equivale a poseer. Acaso penetrar, como ser penetrado, signifique transformarse en el otro.

Sus edades proponen un carnaval de metamorfosis. El pene bebé nos saca la lengua: es pura travesura y exabrupto. El adolescente incurre en cierto afán olímpico. Abusa del entrenamiento, obsesionado con el podio. Menos competitivo, el maduro dosifica su esfuerzo y ritualiza sus descansos. El pene anciano se mece entre la introspección y la retrospectiva. Bajo su fragilidad cobija una última infancia, donde cada caricia es una madre.

La memoria del miembro supera a su tamaño. En otras palabras, crece con su capacidad de evocación. Los hay de dimensiones pobres y recursos cuantiosos. Notables en rango y escasos de sintonía. El justo medio obtiene consenso en las alcobas. Su única objeción es la falta de acontecimiento: se trata de la talla de casi todo el mundo.

En términos de perspectiva, el pene longilíneo señala un horizonte al que no llega. El ancho agolpa su enjundia en la región central, a semejanza de algunos nudos marineros. Su gravidez no impide la altura de sus expectativas. El cuneiforme mantiene un aire mitológico, entre el centauro y la viñeta hindú. De tallo ascendente y glándula explosiva, el modelo nuclear apuesta por la intimidación. Fracasa cuando agrede. Indefinidas querencias desvían al oblicuo, que hace de parabrisas en el éxtasis.

La fruta primordial que emerge del prepucio no tiene temporada. Sufre podas por razones sanitarias, religiosas o estéticas. El glande resume la contradicción del miembro; se oculta y exhibe en la misma medida. También duales, aunque rara vez simétricos, los testículos bifurcan su legado. La relación del huevo con su par recuerda a dos mellizos compartiendo habitación: el parecido los une, el espacio los enfrenta. Su interior emula el griterío de los átomos.

Las manchas en la superficie del pene vienen siendo analizadas por diversas disciplinas. La cartografía investiga sus conflictos limítrofes. De acuerdo con la astronomía, detectar vida inteligente en ellas supondría un pequeño paso para la humanidad, pero un gran alivio para el hombre. Según las artes plásticas, sus interpretaciones resultan menos reveladoras que la esperanza de encontrarles algún sentido.

Ecuaciones aparte, un pene rasurado gana en aerodinámica lo que pierde en amortiguación. Las modas en este aspecto pueden irritarnos tanto como las depilaciones.

Baste consignar que los progresos se relacionan con la variedad en las costumbres, más que con la hegemonía de cualquiera de ellas.

Toda eyaculación se debate entre la última línea, el punto final y el silencio inoportuno. Copioso ejercicio de neurosis, quiere ser meta y aspira al aplazamiento. Ilumina de pronto lo desconocido igual que una linterna en el bosque. Su identificación con el orgasmo la simplifica gravemente: varias glorias pueden preceder a la descarga, o esta sobrevenir sin amago de aquellas.

Nadie cuestiona que el onanismo forma parte de nuestra cultura ancestral. Su artesanía ha acompañado los aprendizajes familiares, las jornadas de estudio, los eurekas científicos. Entre sus inventos figura el placer de la ausencia.

Antropólogos, urólogos y mirones coinciden en que orinar de pie perpetúa su visibilidad y supremacía pública. El falo, qué duda cabe, atraviesa nuestras leyes. Convendría aclarar si las fecunda o las violenta.

Una vagina propia

Nada tan propio ni tantas veces usurpado. Su etimología la rebaja a mero envoltorio: la vaina del sable, la funda del miembro. La vagina, sin embargo, está llena de sí misma. No es el origen del mundo. Es el futuro del mundo.

Sus dimensiones resultan audazmente equívocas. Exterior e interior se contraponen con radicalidad, una pequeña entrada al refugio de lo inmenso, como si esta estructura de búnker hubiera previsto los asaltos que la aguardaban.

Cada cual varía en longitud, con marcada alternancia larga-breve, a semejanza de las vocales latinas. Las hay casi imperceptibles, un trazo en la arena. Otras proclaman enfáticas su verticalidad. La rendija telón, de bordes curvos, despliega un espectáculo en la noche apropiada.

Los labios articulan los múltiples dialectos del lenguaje vaginal. Las manifestaciones orales y manuales forman parte de su tradición. De acuerdo con las leyes de la armonía, la modulación entre mayores y menores irá en función de las digitaciones que se prefieran. Cuando afloran con desfachatez, hacen cantar a la cresta del gallo. Su sistema de pliegues tiene un mérito de origami.

Una vagina sabe navegar su propio río. Su caudal, fluctuante como la luz, los minutos o el ánimo, responde menos al ciclo lunar que a las intenciones terrenales. El resto de sus aguas se controlan por medio de los baños y demás instituciones que, a diferencia de sus pares masculinos, adiestrados para aliviarse en público, la quisieran sentadita y confinada a la privacidad.

Legumbre genital, proteína del yo misma, el clítoris concentra el quid de la cuestión, el uy de la razón y un poderoso etcétera. Su afinidad formal con la yema del dedo es una de las cumbres de la inteligencia anatómica. Sus rasgos empatan en pluralidad con sus gozos. Consideremos por ejemplo el diminuto clítoris de semilla, capaz de plantarse en cualquier campo semántico. El de perla, ofrecido en lecho bivalvo. O el de lápiz labial, también denominado *lipsclit*, que asoma bajo la capucha su despampanante sonrisa.

Todo indica que el himen es una membrana relativa, cuya constitución está sujeta a la moral de su tiempo. Perdura, se estira o se rasga según los intereses de sus peritos. Más que preservarlo intacto hasta su entrega al macho correspondiente, la ortodoxia pretende impedir las autoexploraciones. Quienes se orienten solas, al fin y al cabo, prescindirán de guías y guardianes.

Profundizando en nuestra materia, nos topamos con el tronco del útero y sus dos pródigas ramas, de las que pende el nido de los ovarios. Los pájaros que aloja pueden ser hipotéticos, reales, insumisos. Todos hacen bandada: en cada decisión existe vuelo.

El vello reforesta la región del pubis, fenómeno accesorio que, no obstante, cumple un papel legendario en su localización. En ciertas ocasiones, la flora de la cima venusiana adquiere un tenor selvático; en otras se conforma con unos rastrojos girando en el desierto. Sus intentos de domesticación van desde la pelusa hasta la franja, pasando por pirámides de diverso pelaje. El abuso de la jardinería puede desembocar en una decadente asepsia.

Reinventando su familia, la vagina trans brota de la elipsis. Deja lo que era para ser. Halla su identidad al fondo de una alforja donde se funden viaje y destino. Quienes la descalifican por artificial olvidan que no hay nada más natural que la voluntad humana. La sintética belleza de esta vagina se prolonga en sus ecos: ha vivido ambas caras, ha sentido el otro lado.

Amén del género, el orgasmo femenino es frase errada en número. Hablar de los orgasmos se aproxima mejor a su miríada. La controversia en torno al punto G copia las discusiones sobre la utopía; se supone que sabemos más o menos dónde está, pero no qué hacer para alcanzarla.

¿Cuánto de coito tienen las revoluciones y cuánto de masturbación? En el primer caso, se apela a un aliado dispuesto a intervenir, con todos los conflictos e intercambios que ello implica. En el segundo caso, el alboroto empieza por cada ciudadana, sin la cual no hay movimiento que triunfe. Difícilmente estas vías lleguen a la complicidad de dos vaginas que se encuentran, se reconocen y traman juntas el porvenir.

La vagina ha atravesado un parto histórico para gestar su espacio. Desde entonces no cesa de alumbrarse.

Barriga soberana

Es la región corporal que mejor combate por su soberanía. Siempre a punto de sublevarse, se alimenta de sus antecedentes. Ninguna aduana evita sus voraces contrabandos.

Cuestiona indesmayablemente la autoridad de los pantalones y la censura de la cinta métrica. Salir a la calle con la barriga apropiada determina nuestra elegancia mucho más que cualquier atuendo. Sin su bamboleo no hay énfasis, abrazo ni propina. En contextos hostiles, contribuye a absorber las malas vibraciones. Flota con el viento. Insiste como la fe. Una barriga enseña a amar la realidad.

Habrá quien cite sus aprietos ante las actividades físicas. Cabría replicar que, si una auténtica panza repudia las veleidades gimnásticas, es porque ya se entrena en su propio ir y venir. Sus prodigiosas coreografías rebasan los planes de quien la mueve. Lo fofo bate récords.

Amén de abdómenes sin grasa, dioses nudistas y otros mitos, la antigua Grecia supo imaginar el cinturón de Adonis.

Este surco inguinal se sitúa idealmente entre los cacareos de la cresta ilíaca y la humareda del pubis; es decir, entre la barriga y el suspiro. Los gimnasios lo persiguen con enternecedora determinación, mientras la población curvilínea lo desecha con una sonrisita epicúrea.

Las virtudes morales de la barriga igualan a su talla en dimensión. Si un vientre al uso se fatiga leyendo, la buena panza hace un atril de su eminencia. No menos reseñable es su talento para la percusión, cultivado en nuestros raptos de euforia en la ducha. Con el fin de optimizar las reverberaciones, se recomienda ahuecar las palmas de las manos y entonar canciones pegadizas.

Los niños gozan moldeando la arena, y sus mayores, la carne. Puesto que la abstinencia causa inapetencia, no resulta difícil concebir hasta qué extremo la glotonería acentúa los apetitos sexuales del vientre. Uno plano teme cualquier suma. Uno pleno multiplica, espera siempre más.

En cuanto a sus restricciones para ejecutar piruetas eróticas, quedan de sobra compensadas por las nuevas variantes que propicia. Dos barrigas de perfil se ensamblan igual que las piezas de un mosaico. Recobrando el aliento, espalda con espalda, cada pareja guarda su amor entre paréntesis.

Denominamos barriga cadente a la que se desborda como si las tentaciones la precipitaran. En sus acordeones viscerales, la ondulada tiende a cambiar de ánimo. La trigal –cervecera para los neófitos– vive bombeando espuma y acumulando luz. La barriga alcancía se mantiene llena: sus ganas la enriquecen. ¿No es arduo negociar con una panza dura? Más dúctil, la blanda acepta contraofertas.

Cada línea abdominal tiene su prosa: en una barriga culta no hay párrafo que sobre. Si existe algún vocablo que la colme letra por letra, gramo a gramo, es *orondo*. Cuando lo pronunciamos en voz bien alta a medianoche, rodeándola con ambas manos, cosas inexplicables pueden sucedernos.

Anfitriona e intrusa, durante el embarazo consuma su otredad. El meridiano que divide sus franjas, con sede en el ombligo, es la señal de esa duplicación. De que albergar también es cosa nuestra.

El vientre posparto despliega un territorio transitado por más vidas, cierta textura de mapa. Seguirlo nos conduce al origen del camino, que jamás fue recto. Las estrías permiten reconstruir el hilo del pensamiento prenatal, al modo de una tenue escritura en los cristales.

Ocupaciones del ombligo

Nace minúsculo y adquiere una dimensión insólita. Incapaz de admitir su realidad, se orienta como una brújula que despreciase el norte. Demanda nuestra atención desde el primer instante: le cortamos el cordón y se venga hacia adentro. Cien por cien autorreferencial, el ombligo no sigue el ejemplo de la espalda.

En el golf que organiza por el vientre y aledaños, el *yo* deviene pelotita. Su campo –el mío– tiene un problema de límites; es la única porción del cuerpo que aspira a ocupar todas las demás. ¿No resulta sospechoso que su tamaño coincida con el de un dedo? El ombligo nos reclama y reclama con urgencia de timbre.

Se descompone en bordes, diámetro y fondo, que puede explorarse con lupa o narcisismo. El prototipo circular es mucho menos común de lo que se pregona. El aplastado se entretiene haciendo muecas, burlándose de cualquiera que no sea yo. Flor de las ranuras, el cerrado valora su intimidad.

El ombligo saliente celebra su anomalía y se expone sin reparos. Más apto para el mordisco que para el hurgamiento, se ruega respetar sus ocasionales joyerías. No pocos amantes han perdido un diente por creerlo suyo.

Del ojal del ombligo suelen pender unos hilvanes que apuntan al ovillo del pubis. Hay quien lee este rastro en sentido opuesto, ascendiendo hasta sujetarlo como el cordel de un globo.

Acaso lo más noble de la personalidad umbilical radique en las milenarias pelusas que atesora. Este fenómeno de sedimentación o acopio corrobora nuestro afán recolector. Nada de lo real es prescindible, todo queda.

En primavera asoma para espiar por su mirilla el reestreno de la piel. En verano enciende su sol en miniatura. El otoño redondea la fecha de su retirada y el invierno vuelve a sumergirlo como un buzo. Siempre boquiabierto, su asombro no mengua.

¡Allá rueda el ombligo! Mejor dejarlo pasar. Si nos descuidásemos, nos atropellaría.

PIERNA PAR

LA PIERNA ES MEDIO PAR, pero también unidad de sentido. Su flexibilidad se mide en grados. Su voluntad, en kilómetros. Se dedica a enarbolar la causa bípeda, que tantos problemas anatómicos ha traído a nuestra especie. Por eso mismo la veneramos.

A diferencia de otros miembros menos cooperativos, la pierna nunca ignora los pasos de su pareja. Toma sus decisiones y, a la vez, debe tenerla muy en cuenta para progresar. Cuando se juntan de golpe, ambas piernas provocan un reagrupamiento entre el cierre de filas y el esfuerzo de esfínteres. En los cruces permutan sus posiciones con óptima sincronía, dirigiendo la atención hacia donde confluyen. En apertura discrepan solo en apariencia: cada una participa en la elongación de la otra. Son sinérgicas hasta separándose. Talento que, por desgracia, no han desarrollado los individuos a quienes transportan.

Es notoria la doble personalidad de una pierna. Perfeccionista y sociable, su cara frontal se acerca con una sobrecarga de responsabilidad. En su comportamiento hay algo de embajadora desmentida por gestos que se dan a sus espaldas. La cara trasera prescinde de estas preocupaciones y, con un punto de alegre negligencia, presume de subir el próximo escalón.

Su agilidad se basa en su organización interna. El feudo de la ingle es soberano, recóndito y singularmente poblado. La capitalidad del muslo se debe más a su privilegiada superficie que a sus actividades. Por el contrario, la densidad y producción de la pantorrilla suelen quedar expuestas. Diferentes costumbres presenta la rodilla, isla soleada de la pierna, que según el momento amortigua un salto, rota con un capricho, se dobla por contexto o llena el cuenco del tacto.

En su ya larga trayectoria, nos ha sido posible discernir sus categorías. Citaremos solo algunas en disputa. Entre ellas, las piernas definidas o a lápiz, que incluso quietas anuncian movimiento. Las rubensianas o nubosas, que combinan áreas de flacidez con otras en tensión. Y las de zanco, trepadas a su propia plataforma, como si le sumaran centímetros al vértigo.

Las lampiñas se distinguen por su aire pulcro y desprotegido, un no sé qué de colegio. Las vellosas exhiben un ritmo de llovizna. Desde la cima de su autoconfianza, la pierna matorral sabe que no hay machete que la intimide, mientras la recién depilada lucha contra los elementos y se esfuerza en cultivar una fotogenia granulada.

No han faltado debates en torno a los fenómenos de la pierna, consustanciales a ella sin formar parte de sus rasgos originales. Ante quienes insisten en que menguan la pureza de la extremidad, hoy estamos en condiciones científicas de afirmar que la dignifican con la misma solvencia de unas arrugas en la frente o unas canas en la sien. Lentísima pirotecnia, las várices dibujan el esquema de esas caricias que toda pierna merece. Otra estrategia despliega aquí la celulitis, intermitente y adaptable, como una telaraña que apareciese al tomar asiento o se esfumase con un cambio de luz.

Lo que jamás podrá borrarse son las líneas de pliegue por donde se flexiona: esos garabatos sagrados que se conservan detrás de la rodilla. Quien los lee con método descifra el destino de sus pasos. Tampoco faltan quienes se inclinan a sorberlos para saciar su sed de viaje. En los días de lluvia, este ritual acaba trastocando el clima.

Sus recurrencias eróticas tienen que ver con la tentación del traslado. Podremos celebrar un torso feliz, una boca o una nalga podrán llegar hasta la idolatría. Pero el deseo mismo reside en la pierna, que es simultáneamente inspiración y motor.

En una época de brazos armados y barreras en ascenso, las piernas se entrelazan y entienden con cualquiera. Detectan semejantes que caminan. Reconocen a su próxima pareja de baile. Corren hacia usted.

Patrimonio del tobillo

Ejerce de bisagra entre la meta y el temor a alcanzarla, lo cual explica la propensión al esguince de esta susceptible articulación. Su repertorio de lesiones pertenece menos a la traumatología que a la infancia.

Defender su patrimonio es tarea colectiva. Esos políticos que se empeñan en ocultarlo jamás obtendrán nuestra confianza. Aceptamos la austeridad en la gestión del pie, ya que su uso indebido causa conflictos de orden público. Pero encubrir el tobillo así, sin más, eso es intolerable.

Los roces con él entrañan una exquisita perversión: reúnen coqueteo y recato. Resbalamos hasta detenernos en la colina del maléolo. Este hueso distrae a la mano, induciéndola a girar a su alrededor.

Los hay de una blancura inconcebible, cerámicos. Angostos en exceso, a medio hacer. Tan gruesos que contradicen ingeniosamente su condición. Pigmentados o sembrados por mínimas semillas. Engreídos por la majestad de su zapato. Avergonzados de sus calcetines. Con tatuajes que redundan, sutilezas en zona sutil.

Las ancianas viandantes son bastiones del tobillo. Cuando las divisamos ahí, pensativas frente a un semáforo, sopesando su carga y apilando motivos para seguir adelante, se requiere un serio esfuerzo de contención para no correr a abrazarlas. Si hay leyes civiles, si se inventaron las ciudades y los trazados urbanos y las señales de tráfico y los bolsos negros y los monederos con trabita metálica, si todavía nos quedan tobillos paradigmáticos, es gracias a la valentía de estas ciudadanas.

De vocación aérea y modestia terrenal, ningún tobillo se rebaja a la sobreactuación. No reclama focos ni atenciones cosméticas. Su estilo es literal. A semejanza de un plano capaz de registrar el tiempo que lo atraviesa, va incorporando marcas, derrames, daños. Esta etapa final de su andadura resulta especialmente digna de homenaje. Sus dones, más que nunca, están en tránsito.

Ritmo y desórdenes del pie

En cada bípedo se sostiene una quimera; los pies aciertan a compensarla con dos toques de empirismo. Tantean el terreno al que aspiramos, lo miden, lo confirman. Igual que los adverbios, nos dictan dónde y cuándo. Su melodía queda impresa en la arena, convirtiendo el extravío en partitura.

Mirar nuestros pies escenifica un enigma elemental. Están en las antípodas, son de algún otro yo. Desde un plano cenital, parecen dos objetos casuales saliéndonos al paso. Las huellas que van borrando son las mismas que buscaban.

No hay frase de la pierna que ellos no versifiquen, su métrica es incansable. Andando se tiene la sensación de avanzar no por el antojo de ir a algún sitio, sino por un trance sintáctico que ningún caminante con oído se atrevería a interrumpir. Vamos a merced del ritmo.

Pisar es una forma de escuchar la gravedad. Todo cuerpo permanece en reposo por pereza, así como, una vez en movimiento, continuará paseando por inercia. El señor Walser comprobó los efectos de la mecánica andante. Devoto de las partidas sin regreso, antes de desaparecer demostró que la única finalidad del pie es dar un paso más.

Su contemporáneo, un tal señor Walter, lo completó declarando que cada frase tiene por objeto desandar la anterior. De hallarse en lo cierto, escribir equivaldría a levitar con las suelas desgastadas. Parecida ingravidez ensayó la señora Weil, cuyos merodeos eran tan callejeros como interiores.

De estas y otras fuentes, se infiere con claridad que la W desempeña importantes funciones en el caminar colectivo. No por casualidad las lenguas del norte trajinan los verbos *walk*, *wandern*, *wandelen*.

Paladines del apoyo, los pies defienden la verticalidad del individuo y contrapesan su tendencia al derrumbe. Que a todo el muñeco humano, con su cabeza de plomo y su pensar sin eje, le basten para ello con estas dos plataformas, sigue siendo un misterio de rara dignidad.

No todo es ejemplar en sus andanzas: les encanta invadir territorios. Se destacan asimismo pisando cabezas, práctica que les reporta una brusca plenitud. Un buen puntapié resulta más placentero que un tropel de puñetazos. Cuando impacta en su objetivo, el pie lo festeja con un hormigueo. ¿Cómo extrañarse de que hayamos ingeniado una manera comunitaria de patear? Hoy el planeta rueda al compás de una pelota.

Su estructura promedio se compone de planta, empeine, talón y una decena de dudas. La planta, que tiende a secarse en una misma tierra, germina con los viajes. El suelo fluye bajo el puente del empeine. El talón es la parte mineral de esa corriente, los sedimentos que arrastra. Si se frota contra una decisión, saltan chispas de preguntas.

Cubilete donde se agitan nuestros pasos, el pie se desparrama hacia la suerte o el error. Ahí llega. Se detiene. Sus ventosas se afianzan. El arco se acentúa. La carga va en aumento. Las falanges activan sus castañuelas. Y toma impulso, vuelve a ascender, revolotea con una mezcla de premeditación y descontrol, oscila al descender, aterriza, se dobla, tropieza torpemente: es nuestro.

Todo calzado tiene pretensión de bozal. A mayor censura, más pestilente se hará la protesta. El pie abandona su jaula con euforia, radiante de intenciones, y poco a poco se desengaña. Sufre intensos dolores migratorios. Cuando descansa en alto, su libertad se afloja como una media. Al descalzarse va despojándose de cada pavimento, bache o peldaño, para recuperar un magullado asombro. Así se reconcilia con su vulnerabilidad.

Para desear un pie se precisa ambición, buena vista y reflejos. Sus inquietudes se aprietan al modo de un estuche con resorte: cuanto más aguanten, más brincarán ante el tacto. Las cosquillas lo ponen a pedalear. Los masajes le remueven el rumbo.

Mientras que la caricia manual es erudita, quirúrgica, las podales se maravillan de su propia tosquedad. Un pie no toca, aprende. Tiene algo de primate descubriendo el dibujo.

Su mejor aliado será siempre el pie vecino. Cada cual transita su hemisferio de la cama, hasta arrimarse a la frontera. Entonces los pulgares, radares mellizos, comienzan a entenderse. Y conspiran, permutan, se adelantan. Juntos llegan más lejos que un par del mismo cuerpo.

Entre el primor y la tortura, el pie femenino negocia con su daño en nombre de una belleza estipulada por otros. El podio del tacón enaltece su orgullo y lo perfora. Obra de estrés estético, suele cruzar la meta triunfante y moribundo.

El masculino, adicto al cuero de la autoridad, zapatea en cuanto hay que levantar la voz. Pisa fuerte la calle, pero va por la playa como pidiendo disculpas: la represión le pisa los talones. Prefiere actuar cubierto, a semejanza del bandido que asalta diligencias. Sus dedos con bigote apuntan a su víctima y la hacen reír.

La arquitectura pedestre armoniza con su contexto. Rara vez un pie gótico rematará una silueta románica, ninguna torre se alzará sobre una planta minimalista. Algo análogo ocurre a nivel íntimo. El de forma cuadrada está moldeado para la repetición: encaja especialmente con los temperamentos nostálgicos y los oficios madrugadores. El pie pirámide, cuyo extremo se afina, facilita el carácter reflexivo y sabe retraerse antes de patear sin ton ni son. A la inversa, el pie abanico se despliega hasta las puntas. Suele trasladar a personas expansivas, aunque nadie sepa qué sienten al plegarse de nuevo.

El huesudo nace con ribetes arqueológicos. El carnoso recuerda nuestra infancia golosa, cuando todo lo blando merecía ser dulce. El grande sugiere una raíz de abuelos y un presente de martillos. Colmo de la elipsis, el pequeño habita lo que no abarca. Los dedos riman en consonante o asonante, de acuerdo con la proporción que mantengan. La mayoría de analistas distingue tres modelos. En escala, tipo zampoña; alineados, tipo hilera de lápices; y desiguales, en serrucho.

El pie terso se protege en vano. Cada gota hidratante lo deja más indefenso frente a las asperezas cotidianas. Por eso para largas distancias se aconseja el reseco, que se gana el respeto de los cactus. El herido desfila entre el lamento y el prestigio, al estilo de un excombatiente. Tantos zapatos ha tenido que domar, tantas sandalias ha visto sucumbir. Pariente del erizo, el velludo despierta una inmediata simpatía: ha recorrido kilómetros de sonrojo. Su prominente primo, el pie con callos, debería infundirnos la misma reverencia que los miembros veteranos de una tribu.

En épocas no muy remotas, contemplarlos implicaba arduas gestiones, cuando no matrimonios. Hoy las redes sociales ofertan un infinito catálogo. Sospechamos que dichas plataformas fueron expresamente diseñadas para espiar, ostentar y comparar pies. Lácteos. Solares. Carbónicos. Bañados por reflejos a lo David Hockney. Con uñas salpicadas a lo Jasper Johns. En un parque, una playa, encima de la mesa. Un pie, cientos, millones, marchando hacia el olvido.

El talón y la intemperie

Aquiles era un cojo olímpico.

Las puntitas del pie, patrocinadas por la literatura cursi, nos elevan. Pero con el talón, matiz del paso, podemos frenar. Dar la espalda. Cambiar de destino. Temido por la épica y subestimado por la lírica, hace unos cuantos ciclos que no encuentra bardos. Tan solo una oda fea le haría justicia.

Por entidad, bibliografía y percances, el talón no es exactamente el pie. Más bien lo soporta con un estoicismo afín al de la pata de una mesa o la rueda de un vehículo: sabiendo quién acapara el mérito y quién puede alterar el equilibrio.

El hábito de taconear le trae tantos bailes como disgustos. Conmueve la tenacidad de un talón herido. Su marca por excelencia se localiza justo encima del hueso, donde las cintas martirizan a muchachas y gladiadores.

El despellejado experimenta enigmáticas mudas de serpiente. En ese trance, va palideciendo junto con sus energías. El limpio esgrime una pureza de bandera. Aunque lo besemos con fervor, su sabor será siempre extranjero.

Manchado por marchar, el sucio es el campeón de los talones. Nuestra aprensión se disuelve al abrazarlo, igual que hacemos con los niños que vuelven de jugar con la ropa embarrada. Conviviendo con dos talones sucios se profundiza más en el amor que repasando a Ovidio.

Hoy en día –bien le consta a la ojera– prevalece la homogeneidad. Se exige que la piel sea una extensión monótona, ecualizada, secretamente estúpida. Este desatino perjudica al talón, que se caracteriza por su franqueza. Cada enfrentamiento suyo con una piedra pómez concluye en empate.

En verano el talón sale de vacaciones y asoma de su caparazón para observar los alrededores. Entonces todo parece perseguirlo. En cuanto cae el otoño, huye a las bambalinas del calzado y es como si nadie, nunca, hubiera visto uno.

El cuello espía

Periscopio del yo, emerge y espía. Nuestras conclusiones no son culpa suya.

Un cuello se mide en centímetros y en distancias: aparte de la altura, se calibra la altivez. Nadie dejará de inclinar este segmento de su anatomía, aun de forma imperceptible, en dirección a su objetivo. La brújula obedece al norte; el cuello, a lo que anhela.

Puede estirar obsesiones o liderar cambios de perspectiva. Su talento giratorio le permite rectificar con una destreza que ya quisieran otras extremidades más dogmáticas. Cuando abunda, sustenta la elegancia. Cuando escasea, la tenacidad.

Ídolo ausente, muchas de sus labores se realizan de incógnito. Incluso si el peinado lo deja a la intemperie, se las ingeniará para seguir escabulléndose. Lo asisten bufandas, pañuelos, corbatas y demás reptiles. El tiempo se dedica a estrangularlo.

El cuello duele como el orgullo o la patria. Quien no haya sufrido tormentos cervicales no merece ostentar una cabeza. De acuerdo con la moderna algiología, existen dos clases de padecimientos: los que se deben a una carga y aquellos que responden a una carencia. Los cuellos participan exageradamente de los primeros. Soportan día tras día los cacharros de la mente, alacenas demasiado repletas para su clavo. Al contrario de lo que difunden las doctrinas positivistas, siempre apegadas a la superstición de lo definitivo, las certezas pesan más que las preguntas.

Nadie puede darse gusto en cuello propio: nuestros intentos tienen un no sé qué de orfandad. A medida que el masaje actúa, va disolviendo el nudo de la idea. Un cuello tenso tarda en atender a razones, y uno laxo reconsidera de inmediato su postura.

Todo problema de epistemología se fundamenta en otro de ergonomía, ya que el cuello equilibra las tendencias del sujeto. Al sentarse busca apoyos, coincidencias parciales, acuerdos momentáneos. Y al recostarse, cede. Lo cual nos remitiría a la ciencia de las almohadas, cuya búsqueda es la piedra del sueño.

Nido retrospectivo, las aves del pasado reposan en la nuca, compuesta de hendidura y escalofrío. En la primera hacen rampa las corrientes de aire, ventilando la cabellera. El segundo sirve para alertar a los vellos, que trepan como sherpas por un risco y temen el alud de la memoria. El promontorio de la nuez reproduce, a escala 1:2, la silueta del cogote; contemplamos ambas cosas con sincero apetito.

En la actualidad, son seis las categorías descritas en los manuales. El cuello mástil, que desfila en línea recta, izando la arrogancia. El cuello arco, que se comba de tanto desconfiar. El de tipo quelonio, que predomina entre los tímidos y asoma con esfuerzo. El de tipo maceta, de mayor anchura que longitud, particularmente idóneo para el boxeo, la sordidez de bar y los abrazos laterales. Con sus bordes picudos, el de teja recibe a los huéspedes de la migraña. Hundiéndose por debajo de los hombros, el cuello buzo favorece la meditación o la indiferencia, según el caso.

Dado que sus revestimientos no tienen fin, señalaremos apenas unos cuantos ejemplos. El cuello barbado atrae cierta polémica. Para sus partidarios, esta maleza resguarda la mínima barbarie que requiere cualquier hombre civilizado; sus detractores replican que la auténtica hazaña es podarla. Al topárselo recién afeitado, nuestro dedo lo explora con admiración, mientras un hedor patriarcal brota entre los aromas a loción y disimulo.

El suave se adelanta a las delicadezas que le prodigan. No se extrae gran cosa de él: la yema se desliza sin registrar relieves, como una púa por un vinilo virgen. Su antagonista, el cuello cárdeno, suele originarse en los abusos de un violín o una boca. Tampoco al áspero le cuesta encenderse, fósforo en permanente frotamiento. El pellejudo representa la aristocracia del conjunto. Si se arrima una oreja a sus pliegues, es posible oír el lento, majestuoso derrumbe.

Un amor podrá empezar por la boca o terminar en la ingle, pero todos pasan por el cuello. Su pericia proviene de excursiones noctámbulas y meriendas al sol. Morder un cuello implica mucho más que hambre: tiene su poco de pan, otro poco de rabia.

Amantes, vampiros y verdugos le conceden una sospechosa importancia. Queda por esclarecer cuán distintas son sus intenciones.

Autosabotajes de la espalda

¿De qué huye la espalda? Su respuesta es encogerse de hombros. Y, con escultural falsa modestia, postergarse tras los rasgos que nos identifican. Ninguna espalda se conforma con la simpleza del miren quién soy: prefiere la insidia del recuerda quién fuiste. He ahí por qué el miedo se nos acumula en esta región antecedente.

Nunca somos los mismos cintura arriba y cintura abajo. Al pasar por la espalda, el cuerpo cambia de opinión. Las vértebras ejercen de pasaje entre dos continentes con lenguajes lejanos y casi intraducibles. Polea de la voluntad, la columna alza todo lo que no comprendemos.

En situaciones de peligro, la espalda adquiere una tensión de arquero. Se vuelve inminencia, reacción ante lo extraño. De otro cariz es la que se ofrece confiada, de hombro a hombro, a modo de pizarra disponible. La de ciertos individuos se arrastra sin reparos.

Una espalda se toca igual que una puerta. Nuestro llamado podrá traernos a un vecino irascible, un viejo compañero o un futuro enemigo. A la inversa, no nos consta humillación más vil que ese palmeo que percute dos, tres veces, impostando la solidaridad de quien se regocija en nuestra desgracia. Si abrazarse a una espalda tiene algo de tregua conyugal, de piedad tras la tormenta, el abrazo tradicional encarna un ritual de apropiación: dos personas que aspiran al reverso de la otra.

Por supuesto, también conoce la felicidad. Bastará una buena noticia, un simple levantar de brazos, para que los topos de la celebración echen a corretear por su terreno. Quien besa una espalda obtiene el perdón de Narciso: se ve a sí mismo buscando compañía. Cada vez que la recorremos con la punta de la lengua, un sobre se franquea rumbo a casa.

La encorvada tiene un encanto arbóreo. Tiende a la ofrenda y sus brazos se desprenden con naturalidad de las cosas. De perfil más impaciente, la cóncava procura prevenir el dolor y presentir el goce. La espalda renacuajo o decreciente homenajea a la debilidad, que tanto nos incumbe. La nadadora o creciente levanta la ovación del público fácil, entre el cual sin duda nos contamos. En las asimétricas se dispara, a semejanza de una ceja, la ironía del omóplato.

Difícil resistirse a una espalda lisa. Nos arrojamos a ella con el vértigo de la infancia en el hielo. La irregular presenta sus ventajas, igual que al escalar se agradecen los salientes. La arañada presume de aventura, mientras que la peluda aporta la frondosidad de su experiencia. Una con granos es señal de neurosis detallista. La sudorosa derrocha diligencia y pasión por involucrarse. Zodiacal, la espalda con lunares va urdiendo cada noche su destino.

Acaso la sabiduría de la espalda radique en su insobornable discreción: intuye y calla casi todo. Acierta a interrumpirse justo antes de otras zonas más evidentes. Quién pudiera manejar ese estilo. Y su final.

EQUIPAJE DE PECHO

COMENCEMOS POR EL PECHO MASCULINO, tantas veces postergado a causa de una fijación ortodoxa y, en el fondo, maternal. Se propone contener todo aquello de lo que un hombre canónico se jacta: poderío, franqueza, valentía. Por eso mismo es poco prominente.

Advertidos de estas carencias, a los hombres no siempre les agrada que les revuelvan el pecho, maniobra que a sus parejas parece provocarles un deleite musical, como si rasgasen una cítara. O, en el sujeto lampiño, el cuero de un tambor.

Los pectorales pétreos han sufrido el cincel de las máquinas. Imperiales en verano, cuesta confiar en ellos: están entrenados para endurecerse. El pecho hundido por un golpe de infancia, en cambio, vive aguardando algún mentón amigo. El fofo rima con su barriga. Aunque suscite recurrentes lamentos, poco se ha escrito sobre su anfibia sensualidad. Cabe por último mencionar ese otro que ni se esconde ni asoma, renunciando a dar explicaciones.

Los pelos en el pecho tienen un toque de grandeza desorientada. Se crían ahí, en la maceta del esternón, como florecen las pelusas en los rincones. Según el ciclo histórico, esta vellosidad ha sido venerada o devaluada, prueba de tosquedad o aplomo. El caballero en cuestión no deberá entrometerse en tales discusiones. Se limitará a sonreír, meditabundo, y acariciarse una tetilla.

Insoportablemente iconográfico, el pecho femenino hereda sus dilemas específicos. Se abruma por exceso o escasez, incapaz de no tenerse en cuenta. Son legión las mujeres que experimentan al respecto una mezcla de amor propio y anhelo de otra cosa. La escala es, sin embargo, la más intrascendente de las dimensiones de la teta.

En efecto, cualquier característica nos revelará más acerca de su identidad que el casual tamaño. Textura, ángulo, forma. Coloración, temperatura, sensibilidades. Mención aparte para su velocidad; es decir, sus reflejos ante una inclinación, una sacudida de hombros, un súbito recostarse. Cuanto mejor se adapta un pecho a los movimientos de su dueña, mayores son sus habilidades.

La estría es la medalla de la teta veloz, campeona en la disciplina de llegar antes al tacto. Cada una imprime la huella de un salto desde la piel. Sus trazos contabilizan el tiempo, al modo de las rayas manuscritas en las paredes. Boca arriba se abren como los bronquios de un pez que recobrase la memoria.

A los pechos alargados los impulsa la curiosidad de apearse para otear la tierra. Los hay anchos de base, acaso por pasarse la jornada trajinando sobre algún escritorio. O divergentes en lo conceptual, ya que se niegan a sostener una sola tesis. Los convergentes bizquean, replicando la emboscada que le tienden al ojo. Los pechos introvertidos se doblan sobre sí mismos y, sin embargo, suelen mostrarse muy permeables a las ocurrencias de otra mano. A pesar de su fama, los redondos se retraen por inseguridad, haciendo menos bulto que diámetro.

El pecho de alfiler parece destinado a una eterna juventud y al eterno pinchazo de la insatisfacción. El liso, que sorprende omitiendo, tiene algo de arte abstracto o manifiesto minimalista. El materno se amplía porque ama en plural. El blando nos invita al chapoteo, despertando un entusiasmo de niños en el agua. Con su pellizco ascendente, el repostero debe degustarse de costado. Estancado en su paradigma, el firme padece el síndrome del ideal: es el más envidiado y el menos dinámico.

Sus recursos van mutando con la vida, que en ocasiones toma decisiones drásticas. El pecho quirúrgico adquiere el contorno de la ciencia y el peso de la propia libertad. Puede cambiar de aspecto, nombre, incluso de familia. Entre las tradiciones del pecho, la más radical es su inmolación. Héroe caído, su sepultura queda señalada por una tenue cruz que es homenaje a la patria superviviente.

Los países pectorales tienen su capital en el pezón. Sin él no habría lenguas, pueblos ni religiones. El lazo indisoluble entre halo y botón es el mismo que existe entre santidad y pecado. Su predicamento se ha demostrado inmune a las discriminaciones por cultura, color u orientación. Circulares, oblongos. Homogéneos, granulados. Rosa naíf, cacao selva, morado pop. Todos universalmente bienvenidos.

Gloria al vello de frontera, iluminado de puntería, que peregrina entre pezón y pecho, como una solitaria nota que nadie escucha.

El hombro interrogante

Cada vez que se elevan, una interrogación se apodera del cuerpo. Ese es el cometido fundamental de los hombros: ponernos en duda. Secundan cualquier risa, desdén o indignación. Generan una peculiar expectativa en el prójimo. Son el doble turno de la desnudez.

Como niños presionados por sus padres, les exigimos destacar, sobresalir, ganarse felicitaciones. Las ventajas de los angostos se descubren al dormir en compañía o atravesar un túnel, por poner dos ejemplos similares. Los extensos, siempre soñados para un primer abrazo, se revelan en cambio incompetentes cuando se trata de compartir asiento o ropa.

Desde épocas helénicas, el trabajo del hombro ha sido el ocio del hombre. Su esplendor hercúleo, en efecto, requiere tanto brío como tiempo libre. Los ejercicios *ad hoc* nos obligan a alzar súbitamente los brazos, en perfecta representación de las horas robadas.

Mula aristócrata, el hombro fornido transporta su propia carga. Su solidez de Sísifo le impide rendirse. Es aplaudido en deportistas, guardias y personal aéreo. Emancipa mujeres. Desconcierta en edades tempranas.

Su contrincante, el caído, tiene que remontar toda una Acrópolis. Las normas de la *paideia* dictaminaban que un hombro sin relieve era señal de pereza o cobardía. Ajeno a esas derrotas, imponiéndose al tronco, cada día se acerca a las batallas terrenales.

El peludo tiene un aire de monte repoblado. Abochorna injustamente a sus dueños, que tienden a evitar las excursiones sin mangas. Pariente de la fruta y el maíz, el hombro granulado merece muchos más mordiscos de los que recibe. Conmueve su contrapunto con el cutis sedoso en un mismo individuo; de no ser por esa lucidez, caería en la ingenuidad.

Signo de exclamación, el puntiagudo se sobresalta *a priori*. No hay mejilla que logre descansar en él. En verano sus huesos se desviven por cortar las tiras que lo aprisionan. Todos los hombros traman, en el fondo, un plan de fuga.

Y mientras tanto, dúo para violines, amansan a la fiera de la cabeza.

La peca y el intersticio

Las pecas son nuestro condimento, un soplo de especias esparcidas por la piel. Está empíricamente demostrado que los amores pecosos pican en la punta de la lengua. Por eso, al recordarlos, la nariz se frunce en un estornudo.

Durante la fricción, es normal percibir un ardor sin centro. Los orgasmos con pecas se vuelven efervescentes. Se recomienda máxima precaución con los genitales envueltos en llamas pelirrojas: más de una mano ha sufrido quemaduras por atolondramiento.

El ritmo del sujeto pecoso se basa en el equilibrio entre cabellos, mejillas y pubis. Ese triángulo nos sumerge en una marea de vacilaciones (¿lo despeino?, ¿lo beso?, ¿lo masturbo?), oportunidad que aprovechará a su antojo.

Inútil pelearse con un ramo de pecas: la furia se fragmenta en infinitos puntos y se cuela poco a poco, igual que un líquido espeso a través de una red. El antebrazo constelado desviará con astucia cualquier ataque y, a la menor presión, se ruborizará.

Se han hallado indicios minerales en algunas epidermis, como si hubieran dormido sobre un suelo volcánico. Hay quien postula que todas las pecas pertenecen a una misma piedra original. Otros conjeturan que provienen de un roce accidental al nadar entre corales. Ambas hipótesis persiguen una meta imposible: llegar a contarlas.

A semejanza de los epítetos, su efecto varía según la posición. Las pecas halagan al hombro; redimen la nariz; glosan la espalda; y prestigian al escote. Las suponemos omnipresentes y, de algún modo, impúdicas. Lo desmiente una evidencia: por cuantiosas que se muestren, por colonizadoras que parezcan, apenas se aventuran en los rincones más comprometidos. Ingles, nalgas o pezones se mantienen a salvo de su avance.

En vez de ocupar sitio, por tanto, inventan huecos. Rodean cada forma y su posibilidad. Arte de transición, se agrupan sin completar la imagen. Tienen una manía impresionista.

Una peca es, en fin, la brevedad hecha carne. Todas las frases terminan en ella.

Ornitología de la axila

Su vocación de escondrijo contribuye muy poco a divulgarla. Como esa adolescente que se encierra a estudiar los sábados, hay en ella una frágil pedantería. Se nota en su tendencia a protegerse con el lomo de los libros. Transpira, reluce, disfruta cuando la observan.

Por su confidencialidad, hay quienes la imaginan en clave de buzón. No nos sorprendería que ocultase cartas sin respuesta: bien sabemos que el despecho surge en un abrir y cerrar de brazos.

Su intimidad con el termómetro resulta sintomática. Hay en ella algo febril, de eufemismo del coito, que haría las delicias de cualquier psicoanalista. Recordemos que son tres los santuarios que revelan nuestra temperatura. De este selecto trío, la boca habla y el ano se manifiesta. ¿Cuál será el lenguaje de la axila?

Adversaria de la uniformidad, se niega a combinar con su cabellera: hasta los más rabiosos rubios sucumben a su materia oscura. En este sentido, la iconografía actual reproduce modelos aberrantes, ya que la axila agreste supera a todas luces a ese páramo de grumos y asperezas que llamamos higiene. Basta fijarse en el cautivante oxímoron de un rostro cándido y un sobaco sin depilar. Que el único brote del pubis se embosque justo aquí debería ser motivo de frondosas reflexiones.

Una axila se devora con la morosidad de quien ha trascendido el banquete, y es en la nariz donde más aprovecha. También puede causar empachos o disgustos. Igual que los licores, su aroma tiene ciclos y una delicadísima relación con el tiempo.

En invierno, cierta especie de pájaros anida en las axilas. Son aves domésticas, de poco trinar. Aletean bajo el cielo arrugado de una sábana. Picotean migas de piel, esperando la luz de primavera. Con el verano emigran y entonces se alborotan. Chillan por las noches. Enloquecen frente al mar.

Reprobación del brazo y alabanza del codo

Da la continua impresión de querer irse del tronco donde fue plantado por la madre naturaleza, los dioses misceláneos o un tal señor da Vinci, según el libro que lleve.

Rama con criterio propio, el brazo es una extremidad de extremos. Lo mismo se estira para cuidar, mecer, ofrecerse ante cruces, escaleras, grandes pasos en la vida; que se apresura al empujón, al golpe bajo, a interponerse. Como los equipos o los delincuentes, rara vez actúa solo. Su par suele secundarlo de mejor o peor gana.

Ningún otro hemisferio, sin embargo, iguala la disociación de ambos brazos: son capaces de cumplir misiones diferentes con una libertad que las piernas jamás soñarían. Resulta frecuente ver a uno en reposo mientras el otro trabaja. ¿No hay algo político en esa asimetría?

Los brazos diestros tienden a la dominación. Seguros de su poder, pretenden que el mundo entero acate su lateralidad. Van por ahí dando órdenes, señalando objetivos y zarandeando al prójimo. Creen que lo real se escora a la derecha. Expertos en incomodidades, sus compañeros zurdos se debaten entre una impotencia minoritaria y un anhelo de intervenir. Sus conflictos de adaptación están, a estas alturas, bien documentados. En el imaginario colectivo se les atribuye una creatividad de la que nos permitiremos dudar muy seriamente.

Solo en circunstancias excepcionales, un par de brazos colabora con otro. Entonces comparten impulso, se complementan y entrecruzan con una coordinación se diría que ensayada. En su grado de implicación subyace una doctrina.

El abrazo ferviente moviliza las bases del sujeto. Sabe durar y reincidir hasta la transformación. El tibio no termina de entregarse, milita en la ligereza. El conservador recibe, da y calcula el balance. Tiene poco remedio. Mientras que el abrazo viril intenta enmascararse bajo un titánico tam-tam, el feminista incluye un apoyo sobre el hombro de la hermana, en comunión bicéfala.

Pero quizás el culmen de estas inteligencias sea el autoabrazo, que precisa una franqueza radical. Suele darse por frío o desamparo, fusionando persona protectora y protegida.

La longitud del brazo condiciona todos sus ademanes. Uno largo parece elevar las expectativas y relativizar los méritos: su brazada promete demasiado. El corto transmite en cambio una sensación de laboriosidad, cierto primor en sus maniobras. Esta característica se repite en el grueso, que le suma un toque de extenuación o despilfarro. Magro en volumen y competitividad, el enclenque triunfa donde lo subestiman, desquitándose de pudores estivales, vestuarios sin piedad, patios de colegio.

La textura no admite pronósticos. Se tiene constancia de extremidades esculpidas, lácteas, ejemplares, que disimulan un puercoespín. Don sin prejuicios, la suavidad puede agraciar cualquier brazo. Tampoco sus vellos se arredran ante las convenciones: igual decoran a la dama que se ausentan del caballero. El poroso dibuja un campo de batalla, lleno de rastros y cráteres, que nos incita a luchar a su lado. Sea cual sea su estilo, el magnetismo del brazo encuentra rehén.

Acaso el músculo por antonomasia, fetiche de la fuerza, pertenezca a sus dominios. En el cielo de nuestras mitologías, el bíceps reluce con el peso y la arbitrariedad de una moneda. Por extraño que resulte, los tratados de Hipócrates apenas mencionan esas potentes franjas, esos apetitosos bultos que definen los desnudos de su época. Hasta las certidumbres de Galeno, los músculos reinaron como invención visual. Fueron deseo antes que ciencia.

El estatus del antebrazo continúa generando controversias. ¿Constituye una parte del brazo propiamente dicho?, ¿una sección autónoma?, ¿una entidad en sí misma? Praxíteles lo supo y no lo dijo.

Ninguna de estas cuestiones puede compararse al sacrificio, la humildad del codo. Nuestra experiencia se va amontonando ahí y deja una huella árida. Sin su providencial concurso, el brazo quedaría incapacitado para la rectificación o el matiz, reducido a una especie de obcecación rectilínea. ¿Quién, si no el codo, sabe ser a la vez punto de apoyo e inflexión? ¿Quién sostiene la espera y soporta los roces, exponiendo su corteza para bien de la rama? Cantarle a su silencio es justicia poética.

Más vivo cuanto más feo, nadie adora al codo, paria de la belleza. Algún día lo veremos alzarse para hacer su pequeña revolución sensual.

Diez disyuntivas para la mano

¿Las manos dan o toman? ¿Atesoran o usurpan? ¿Todo lo alcanzan o a todo se aferran? ¿Encuentra cada cosa su lugar en ellas o lo pierde? ¿Quieren ordenar el mundo o más bien contraer su desorden? ¿Perpetrar capturas o intercambios? ¿Su conducta refleja un afán de simetría o de polaridad? ¿Formarían por tanto un tándem o un caso de antagonismo? ¿Se reparten la realidad o compiten por ella? ¿Cuántas manos, en fin, caben en una mano? Nuestras preguntas pueden contarse con los dedos.

El hueco de la palma desconoce el vacío, es permanente posibilidad. Al filo de las yemas circula la frontera entre Eso y Yo. Arañar nos ayuda a trascenderla. ¡Cuánta alambrada rota en cada uña, qué de jirones ajenos! La mano agarra, pero nunca posee.

La tecnología del dedo minimiza a cualquier robot articulado. Su precisión recorre los objetos y los persuade igual que un tahúr. Uno por uno, los dedos manufacturan sus verbos. Barajar, atar, coser. Escarbar, palpar, tañer. Tamborilear, hurgar, tejer. Entre todos despliegan un abanico de temperamentos: el pulgar aprueba, el índice manda, el mayor insulta, el anular compromete. Y el meñique, aburrido, se burla de estas teorías.

Que nuestras huellas residan oficialmente aquí –y no por ejemplo en el inconfundible rostro, el sentido pecho o los alevosos genitales– da para meditar frente al espejo. ¿La identidad es un piano? ¿Sus múltiples acordes solo existen en la interpretación?

La mano violinista, acolchada y nerviosa, se pone a ensayar escalas en cualquier parte: una mesa, el volante del coche, nuestro muslo. De nudillos triangulares y solidez de trapecio, la boxeadora pesa porque carga con los golpes. La principesca sobreactúa su palidez, como quien suspira antes de desmayarse. La gótica plagia al Greco y da la impresión de un guante aflojándose por las puntas.

Injusta prensa padece la mordisqueada. Simplemente obedece al manjar de sus dedos, más salados que un emmental. Mejor suerte ha corrido la artesana: sus heridas y manchas nos parecen afines a los objetos que crean. La psicodélica experimenta con las uñas. Su diseño lisérgico tiene propiedades estimulantes para trasnochar, si bien puede provocar cierta sensación de absurdo a la mañana siguiente. Tupida y de canto grueso, la mano gorila es la acompañante ideal para los domingos de nuestra infancia. Conforme las estaturas van igualándose, su protección da paso a una incomodidad que termina en terapia.

Cualquier ciego sabe lo que un vidente no ve: leemos con la mano. Emulando esos libros que hojea, cada lado revela textos distintos. En el dorso figura la sinopsis y, a menudo, algún adorno barato. En la palma transcurre el argumento y surgen los sentidos entre líneas. Las venas van redactando la cronología. Si las introducciones son asunto del dedo, los epílogos –de longitud variable– quedan para la uña. Tradicionalmente, la estructura manual se articula en muñecas, nudillos y falanges. Se desaconseja analizar una mano para corroborar las propias opiniones. Dicho menester le corresponde a la crítica literaria.

¿El callo forma parte legítima del dedo? ¿O debiera considerarse una incrustación, como el escaramujo en el barco? Un callo es frotamiento y abstracción, acción y espíritu. Brota con el trabajo, pero no lo realiza. El más letrado de ellos refuerza el mástil del dedo mayor. Este callo amanuense, en vías de extinguirse, surca las teclas con alivio y nostalgia.

La geografía de las manos es rica en accidentes. Áridos promontorios, complejas hidrografías, tendones limítrofes. Vale la pena destacar los eclipses ungulares: un sol naciente y, debajo, una rodaja de luna. Quedan así resumidas sus dualidades. Muy capaces de mimar o agredir, hoy aplauso y mañana bofetada, se parecen demasiado a su persona.

Toda la música, excepto la vocal, se hace con ellas. De ahí que nuestro afinado idioma llame *tocar* a lo que otros llaman *jugar*. Naturalmente, tocar puede ser también un juego. Su sexualidad tiende al solo, al dúo de cámara y al muy esporádico trío. Se supone que existen arreglos orquestales.

Milagro molusco, la mano flota y teclea. Se revuelca entre las cosas porque le encanta ensuciarse. Más tarde, como siempre, nos lavamos las manos.

Alianzas de la cadera

Llamarla hueso apenas la nombra. Pocos casos ilustran con tanta elocuencia cómo la estructura ósea se alía con la carne.

La cadera se enmarca en un triángulo sometido a continuas tensiones: el que forman deseo, posesión y autoafirmación. El primero depende del correcto encaje entre mirada propia y mirada del otro. La segunda, de las presiones externas. Clave del carácter, la tercera sostiene el esqueleto entero.

En su edad temprana, la cadera derrocha un encanto flexible, sin aparentes puntos cardinales. Durante la infancia aprende los ritmos del juego y la disciplina del pupitre. A partir de la juventud comienza a desarrollar poderes firmes, una insolencia acompasada con cierta indefensión. Este período pone a prueba sus umbrales de dolor y su capacidad para estirarse. Con la madurez cobra mayor autoridad, un magisterio en el oficio de habitar los espacios. La vejez va empujándola a una fragilidad muy específica, cruelmente diseñada para ella. Entonces se convierte en una mezcla de calcio, ingravidez y miedo.

Nuestras emociones quedan prefiguradas en las caderas. Las picudas, por ejemplo, son fáciles de herir: atraen por igual a los ángulos de los muebles y a los dedos que señalan. Más introvertidas, las rectas se niegan a sobresalir. Rechazan por completo las evaluaciones.

Las caderas altas temen que no haya cómplices a su altura. Huyen hacia arriba si se las molesta. Las bajas, en cambio, no se dejan derribar en el deporte ni en las fricciones diarias, avanzando tozudas hacia su objetivo.

Estelares, las anchas oscilan entre el pudor y un legítimo orgullo. Se diría que gestionan su presencia calibrando las ondas expansivas de cada movimiento. Tendidas se distribuyen con admirable justicia. Las breves tensan su sinopsis, conscientes de que todo lo importante puede resumirse. Imposible asegurar quién sopesa a quién cuando intentamos asirlas.

En último lugar, mucho menos usuales de lo que predica el arquetipo, consignaremos las caderas de paréntesis; así denominadas no solo por su aspecto sino porque parecen envolver una sinuosa, interminable frase en su camino.

Pese a su trascendencia para nuestra evolución, la mayoría de sus partes permanece inaccesible al ojo. Esta cualidad mística de la cadera descansa en la región sacra, con sus cuevas y promontorios. El resto de la misma se halla colonizado por guerreros grecolatinos: Coxis, Isquion, Ilion, Acetábulo.

Como en cualquier contienda religiosa, la pelvis mayor o falsa se disputa el espacio con la pelvis menor o verdadera, que cruza una línea imaginaria y –según sus exégetas– es la única autorizada para profundizar en los secretos inguinales. La cabeza femoral se encarga de conceptualizar los pasos, y el cartílago del baile los ejecuta sin tantos remilgos.

No faltan especulaciones sobre la pericia que, en función de su sexo, muestran los individuos a la hora de sacudir la cadera. Exámenes recientes refutan que la masculina esté menos dotada para la danza, atribuyéndolo a un conglomerado de pedagogías deficientes, traumas generacionales y bares erróneos.

Receptora asimismo de adoraciones paganas, ha inspirado un complejo fetichismo. Ello se debe al influjo de la cresta ilíaca, que puja por debajo de la piel o por encima de cualquier elástico. Y, en particular, a sus legendarias hendiduras posteriores. Las encuadra el rombo de Michaelis, similar al objetivo que improvisan dos manos cuando juegan a capturar imágenes.

Los vértices laterales de dicho rombo conforman, si pertenecen a una dama, los pozos de Venus. De Apolo, en caso de pertenecer a un caballero. O –si dejamos por fin en paz estas dicotomías– hoyuelos comestibles, sean de quien sean. En sus cuencos se bebe un elixir de retaguardia.

Si hay salud y fortuna, en ambos flancos de la cadera brilla el doblez decisivo, semejante al último retoque en un avioncito de papel. Este pliegue genial solo se manifiesta cuando alguien se sienta en sus talones o se ofrece de espaldas.

La quietud le pesa y los viajes incrementan su adaptabilidad al entorno. Radiografiada de frente, sin esas espesuras que la rodean, la cadera tiene un aire de elefante oteando la sabana. Al acercar el oído, podemos reconocer su llamada nocturna.

Panfleto de la nalga

Las nalgas se pasean como una objeción. Dominan el arte de la última palabra: cuando alguien se va, ellas concluyen. Son una fiesta que omite a sus anfitriones.

No necesitan prólogos para convencernos, su tradición es netamente popular. Basta atender a su labia, al entusiasmo de sus relevos, a esas digresiones que abren y cierran sin perder jamás el hilo.

Impera todavía la falacia de que abundan en favor de la fémina. Como si –aplicando una triste proporción inversa– a mayor nalga, menos hombre. Una inspección cercana del asunto, sin embargo, nos confirma que su prominencia avala igualmente al varón. ¿Cómo confiar en un padre de familia que carece de asiento? El pantalón bien lleno es señal inequívoca de generosidad. Una mano en las posaderas del caballero adecuado nos revelará más sobre su corazón que una cenita con velas.

Mapamundi en el que ambos hemisferios amanecen, las nalgas aprovechan cualquier medio de transporte. Algunas llegan cabalgando un vaquero y lideran el rebaño de miradas. Otras se alejan nadando y abren las corrientes. Si navegan en falda, el azar sopla esperanzado.

Examinada al microscopio, una nalga se alborota como un banco de electrones. La mayoría de analistas divide sus movimientos en dos categorías: semovientes o inerciales (es decir, que obedecen a la conducta propia); y reactivos o condicionados (es decir, producidos por una intervención externa). Procedamos a su descomposición.

El Balanceo desencadena una dinámica compensatoria, al modo de dos platos alternándose. Cuanto más pese una nalga, más se elevará la otra. La versión acelerada de este fenómeno, con el plus de un ligero vaivén, se denomina Bamboleo. La Contracción se detecta en los esfuerzos específicos del glúteo y su pose de silbido. La Palpitación se caracteriza por su intermitencia. En el Deslizamiento, sus contornos emergen a la superficie acuática y orientan felizmente a sus acompañantes. La Rotación concierne al lecho, por el que se desplazarán hasta alcanzar la orilla o la mano correspondiente. Hasta aquí, los movimientos inerciales.

El grupo de los reactivos se inicia con el Temblor, que desconcierta a sus investigadores al tratarse de una modalidad mixta: la nalga solicita al menos la participación de un dedo para proseguir sola, como el eco de alguien que se ha ido. De distinta intensidad es el Tumulto, que resulta de agitarla con fervor hasta lograr un efecto de estanque. Su dinamismo se aproxima al Estremecimiento, cuyas vibraciones progresan hacia el interior, en gradual intimidad. De muy alta consideración entre quienes han experimentado con sus posibilidades, el Rebote posee el don del eterno retorno.

Pero acaso la reacción más sutil sea la Ondulación, que consiste en una serie de vacilaciones frente al tacto. El glúteo registra así una tensión parcial, mientras la carne tartamudea sin decidirse a responder.

En el apartado morfológico, cada nalga es su propio paradigma. Y, con independencia de su constitución, todas ellas crecen. Quiere decirse que unas prosperan en anchura lo que otras en fondo o gravedad. Como toda obra maestra, podemos distinguirlas por sus trazos, la hondura de las líneas, la personalidad del recoveco.

Las académicas presumen de su lugar en el canon, pese a incurrir en el tedio de la simetría. Las respingonas lucen rasgos cubistas: dan la impresión de erguirse y agacharse al mismo tiempo. Renunciando a cualquier afectación, discretamente audaces, las planas incorporan una palmada. Esta facultad anticipatoria las convierte en óptimas para la autodefensa. Las separadas dejan entrever un atento testigo. En cuanto a las caídas, tienen una pizca de jalea; dan ganas de acercar un pan al muslo.

La claridad de las nalgas emana de su condición fantasmagórica. En efecto, atraparlas no parece compatible con mirarse a los ojos. Dos veces recónditas, las oscuras se hacen sombra a sí mismas. Las rojas se ruborizan de ardor provisional. Cabe en este sentido destacar la valiosa aportación de los trajes de baño, que subrayan con sus marcas nuestro mestizaje.

La textura es a la nalga lo que la connotación al vocablo. Igual que la lectura en braille, el acontecimiento está en las yemas. Si bien las tersas cuentan con numerosos adeptos, esa virtud los elude: la mano resbala sin remedio, gesticulando una ausencia. Las rugosas facilitan en cambio la adherencia y, gracias a sus huecos de panal, también la nutrición. Las granuladas, cuya página decoran puntitos de lápiz, pierden en fluidez lo que ganan en ortografía. Solo aquellas con estrías nos brindan renglones donde escribir la experiencia. Incomprendidas por la escuela puritana, las tupidas abrigan nuestras huellas dactilares.

Si una flor se deshoja, una nalga se va despojando. La nalga bebé lacta, uno por uno, los rayos de luz. La niña es fresca como un helado de limón. La adolescente muta sin tregua, incapaz de asentarse. Durante la adultez, los planes incumplidos van limándola. La edad agridulce le otorga una introspección de pasa de uva. Sus últimos crujidos suenan a libro abierto.

Tarde o temprano, sus aventuras tropiezan en el accidente del coxis. Más de un camello ha trasnochado en esa duna; la palma de la mano le da cielo. Las nalgas son de arena bajo el sol. Su sabia celulitis conserva el rastro de cada pisada, la peregrinación que nos condujo a ellas.

Poetas, activistas y peatones levantan al unísono su voz: sin exceso no hay bellezas ni verdades. Merecemos la carne de la realidad. Por eso protestamos ante la disminución impuesta por la alta costura, la más baja de todas. La austeridad física es otro imperialismo, el capital engorda adelgazándonos. Combatamos la opresión de la curva trabajadora. Nalgones del mundo, uníos.

Matiz del ano

Lo rodea cierta solemnidad que termina eclipsando sus propiedades risueñas. El aparato crítico en torno al ano acumula más pliegues que su objeto de estudio.

Desde el punto de vista articulatorio, se trata de un significante de grata economía y probada eficiencia. Su sonido armoniza, su brevedad persuade, su estructura escolar nos alboroza: vocal abierta-consonante nasal-vocal abierta. Solo *mamá* compite en perfección con él. En una palabra, el ano es incapaz de la retórica.

Sin tacto alguno, el diccionario lo degrada a orificio. Pocas veces la lexicografía ha perpetrado un atropello semejante. Más próximo a un oído secreto, lo que hace el ano es dosificar la música. La impulsa, resonante, hacia el universo sensible. O la recibe, aguda, internándola en zonas donde el gozo se afina.

Nos asombra la vocación discrepante, casi dialéctica que exhibe. O que más bien esconde. Las nalgas son claras, pero el ano lo niega. Nuestra piel quiere seda, y él se arruga. Mientras cada poro se va resecando, su obstinación es el rocío.

Un oportuno dedo curioseando en su embocadura nos recuerda los ademanes de infancia o las órdenes de silencio. Silencio en este caso compartido, uniendo a quien asiente y a quien toma la iniciativa.

Hay anos cautelosos y oclusivos. Los hay de una expansión que roza el cráter. O firmes en sus principios, como una reliquia bajo llave. Escasea el recíproco, que ofrece cuanto pide.

El depilado tiene una nitidez de bienvenida y cierto picor de nervios. El frondoso alberga incansables remolinos. Un ano sonrosado parodia un poco nuestra cursilería. Uno tostado nos mira, desafiante.

Salpicados de sal, los más porosos incitan a la lengua y excitan al idioma. Los envueltos en sí, medio anudados, parecen deformar la vanidad de su pariente ombligo.

Puede decirse, en síntesis, que el ano se alimenta de sus vulnerabilidades. Sabiamente a salvo de nuestra vista, solo en confianza se abre a lo desconocido, igual que una escotilla en altamar.

Oreja caracol

Del pentagrama de la frente cuelga una clave de sol. Por forma y contenido, la oreja pide música.

Ausculta cada ruido incluso en contra de su voluntad. Desconoce las treguas de la boca o el ojo. Su sueño es delicado y, al menor zumbido que la ronde, se lanza a perseguirlo.

Hay orejas tan diminutas que parecen de juguete. Alargadas por el peso de algún aro invisible. De alerón, que despegan antes de que podamos contestarles. Con más o menos circunvoluciones, según su nivel de aislamiento. Ojivales, para quienes profesan la mística del eco.

Siendo ambas igual de competentes, una de ellas suele acaparar nuestras llamadas, susurros y confidencias. ¿Cómo no solidarizarse con el estoicismo de la otra, que todo lo oye desde las antípodas, sin dar siquiera síntomas de frustración?

Cuando una oreja alberga sentimientos recónditos, le brota un ramito de vellos: da pena rechazar a quienes lo cultivan. Las genuinamente cavernarias cobijan un muestrario de minerales, alimañas, residuos.

En términos espeleológicos, su exploración nocturna entraña cierto peligro. Ningún instrumental nos garantiza el éxito. Una linterna tiene la desventaja de ahuyentar a las criaturas que se propone descubrir. El dedo anular cuenta con una inobjetable trayectoria en este campo. La lengua solo debe utilizarse en casos de extrema urgencia; las reacciones pueden ir del sobresalto a la huida, de la cosquilla al derretimiento.

La preceptiva auricular distingue con claridad sus partes. Hélice, pabellón, fosa, depresiones y cartílagos sociales componen su armazón exterior. El canal interno se divide a su vez en trompa, estribo, yunque, martillo, tímpano y sordera selectiva.

Son usuales los cuadros de hipoacusia en las familias numerosas, entrenadas en el grito tribal y la polifonía de las discusiones. La hiperacusia, en cambio, afecta especialmente a solteros y solistas.

Caracol sonoro, la oreja transporta el rastro de cada voz, palabra o nota que nos cruzamos en el camino. Los años van cargándola de cachivaches que obstruyen su agudeza. Para no contribuir al deterioro, otorrinos y luthiers coinciden en la importancia de un mantenimiento sostenido.

Una oreja normal se afina, con la menor brusquedad posible, en el sentido de las agujas del reloj. Efectuar al revés dicha operación conduce a temibles alucinaciones auditivas. E incluso, en ocasiones, a la escucha del prójimo.

Su diapasón se localiza en el lóbulo, auténtico caramelo. Nadie a quien le hayan cantado al oído podrá negar que se trata, en rigor, de un órgano sexual. Su arquitectura misma lo insinúa: una flor dérmica envolviendo un don ultrasensible.

La boca centinela

Caprichosa, habla en nombre del cuerpo entero. Está llena de otros. Su ansiedad se origina en sus labores en el fondo incompatibles: expresar e ingerir, proferir y tragar.

Mucha gente parlanchina maneja una boca pequeña, como si su cavidad se esforzara en restringir el discurso. Por el mismo principio, una desmesurada puede representar a hablantes tímidos, que administran con prudencia su portento.

Está la boca pozo. Honda y húmeda. Cada vez que se abre, alguien se ahoga. De esmerada terminación, la boca silbante permanece agazapada. Entre su bienvenida y su desdén cabe apenas un milímetro. La boca apaisada fuerza las mejillas como la ventana al muro, haciendo gárgaras de luz. Muy distinta es la asimétrica, donde un labio discrepa del otro, en un debate capaz de inauditos polígonos.

Según la matemática bucal, si al primer labio le restamos el segundo, la incógnita se despeja. Dos más dos son un beso, tatuaje que no dura. Al curvarse el plano, lanzan una parábola. La puntería de esa sonrisa determina la magnitud de la boca.

Hay labios que se abstienen y se repliegan. Los hay tan inflados que obstruyen el lenguaje. Al sobresaliente le toca el protagonismo del alumno sabiondo; también su vulnerabilidad. De vez en cuando surge un labio superior que se diría levemente realzado por un dedo, como pidiéndole discreción. Los bien perfilados son patriotas de la boca: delimitan su territorio incluso sin hablar.

Renunciando a cualquier proselitismo, el labio pálido se desdibuja. El rojo subraya sus derechos, se relame en su tono, conspira con la encía. El sonrosado se pone interesante en la vejez, gana nuestra atención al marchitarse. El morado alcanza su plenitud en invierno y el oscuro es quizás el que mejor trasnocha.

La orfebrería de la boca exagera en los dientes, obras maestras de la erosión. Cada uno es el filo de un deseo: los puntiagudos piden, los rotos ruegan. Ninguno de ellos muerde sin el permiso del labio, demostrando que la suavidad gobierna a la fiereza.

El diente blanco presume de esmoquin, se luce en las fiestas y le teme al amanecer. Los torcidos tienen algo de baile ebrio. El amarillento se avergüenza un poco y, sin embargo, cuánta sinceridad en su esmalte. Los diminutos roen las palabras con rigor aforístico. Ahora bien, nada puede equipararse al encanto pueril de unos dientes separados, entre los que se cuela, prófuga, la alegría.

Con el masticar de los años, los dientes van poblándose de ingenierías. Sus accidentes geográficos son azotados por minúsculas inclemencias. Toda la dentadura inicia entonces una lenta partida de ajedrez, que concluirá invariablemente con la derrota de las piezas blancas.

Predicando entre dientes, la lengua marca el ritmo y puntúa nuestra prosa. Aguarda la llegada de la siguiente frase, centinela en el silencio, bajo el cielo del paladar.

Posibilidad de la mandíbula

La mandíbula está hecha de algo más débil que un hueso y menos apocado que un cartílago. Puede abrirse o cerrarse del todo: es una posibilidad. De ahí que tan a menudo sufra lesiones, causadas por el inevitable impacto con la realidad o el trato con el prójimo.

Desempeña con la misma pertinencia misiones destructivas y reparadoras. Masticación, estrés, odio, rencor. Canto, risa, arrebato efusivo, sexo oral. Sin mandíbula casi no habría persona. Vampírica a su modo, apenas aparece en las radiografías.

Su afán depredador actúa al margen de su presa. En este sentido, conviene distinguir entre mordida, mordisco y remordimiento. La primera consiste en un mecanismo de prensado que involucra al aparato maxilar. El segundo emprende un ataque más travieso, capaz de irradiarse en todas direcciones. El tercero atenaza progresivamente.

Si la soberbia se afila en el mentón, el temperamento se hincha en la mandíbula. Una prominente inspira admiración y cierto nerviosismo. Bien tallada, con muescas de revólver, perfora la autoestima del interlocutor o incluso la coraza de nuestra castidad. La redondeada se cree más pudorosa, si bien en los saludos tiende a deslizarse. La musical emite unos crujidos rítmicos. Por la noche se baña en luces parpadeantes y no le gusta volver sola. Pero la más singular es la mandíbula ausente, que desaparece por completo bajo la piel, mascando el vacío como si fuera un chicle.

Durante siglos se pregonó que el ejemplar macho debía ostentar ángulos de escuadra y una firmeza equina, mientras que en la hembra debía lucir una mesura angelical y mullidos de nube. Semejante pamplina se refuta de un bocado. El hombre de mandíbula frágil nos despierta una ternura instantánea y el deseo de ajustarle una tuerca con nuestras propias manos. De avidez ejecutiva, la mujer con mandíbula exuberante jamás cena sin postre.

A veces se camufla tras el jardín de una barba o bajo la cascada de una melena. Su refugio preferido es el hueco de la mano. Allí, a la sombra de la palma, se permite largas reflexiones.

Elástica por sistema, la mandíbula niña procede con despreocupación y deja entrar al mundo. Durante la adolescencia empiezan las contracturas. Rumia su rabia y tritura sin permiso. La madura disfruta de su parsimonia: ya no se precipita sobre la cáscara cotidiana, sabe que lo real es duro de roer. Más tarde va reemplazando la dentellada por el paladeo. Su dieta combina puré de presente y caldos de pasado.

Esporádicamente, una mandíbula revela su costura. Ese rastro secreto es el hoyuelo. Más de un dedo se ha quedado, tras un tímido acercamiento, adherido por el resto de su vida.

La nariz como utopía

Es el primer centímetro de nuestro futuro. Está a punto de cruzar una meta que se desplaza a la misma velocidad: he ahí su tragedia y también su esperanza. Vanguardia exenta, la nariz se adelanta a su tiempo.

Su refinada incrustación entre boca y ojos sintetiza la complejidad de su tarea. Ser elocuente sin hablar. Situar sin ver. Desde esta perspectiva, toda nariz lleva incorporada una teoría del olfato. La semiología estudia sus contradicciones, en tanto signo evidente de sustancia intuitiva. Puesto que la longitud está en su naturaleza, se deleita ante vocablos como *protuberancia* u *otorrinolaringología*. Entre sus especialidades figura detectar el humo, el vino y las sandalias.

Tiburón del oxígeno, sus aletas emergen en cuanto se aproxima cualquier cuerpo. Nos intriga el comportamiento de esas terminaciones, cuya índole parece indescifrable: ¿cartílago?, ¿membrana?, ¿escotilla? Del material opuesto es el tabique, única certidumbre nasal. El roce de una pluma le contagia sus propiedades aéreas. Las turbinas arrancan y las aspas del vello comienzan a girar.

Aterrizamos así en la controvertida, aguda punta de la nariz. ¿Quién no ha mantenido relaciones susceptibles con la suya, colmo del poro, parodia de la fresa? Por no mencionar, claro, el remate del conflicto. Alfiler de la afrenta. El grano en la nariz.

Es tradición dividir el catálogo nasal por familias y géneros, categorías que, sin duda alguna, quedarán superadas por la nasología del porvenir.

La nariz curva muestra una inclinación a la autocrítica. Sonríe sin querer y se ancla en la boca. La puntiaguda va enhebrando antojos, metida en asuntos de los que difícilmente conseguirá zafarse. La recta, que no abunda, deja una sensación de dogma: es más digna de examen que de amor. Bien diferente se presenta la nariz dromedaria. A lomos de su eminencia, va predicando entre dunas las verdades de la irregularidad.

Hay quienes han cedido a la tentación, en un descuido teórico, de atribuirle a la masculina cualidades fálicas. Pero una nariz grande influye en quien la mira, no en quien la detenta. La rota o púgil apenas encuentra rival: ¿cómo negarnos a ciertos caballeros de tabique vivido? La angosta tiende en cambio a demorar el romance, instándonos a besar primero. Una ancha embellece al erudito en su unión de cultura y rudeza. Cuando su afortunado poseedor se separa del libro y se acomoda los anteojos, se recomienda abandonar el recinto.

La nariz femenina señala, con mayor precisión que cualquier dedo, la ideología de sus devotos. Imperan las alabanzas de la pequeña, como si le pidiesen indefensión o recato. Numerosos cirujanos han contribuido a sembrar la ignorancia en este aspecto. Una nariz rara entre facciones canónicas genera un énfasis; gracias a ella enfocamos la armonía del resto. Quizá por eso su rectificación suele tener secuelas contraproducentes: nuestra mirada no se detiene en ningún punto, limitándose a una insípida aprobación.

Capricho tecnológico, cada nariz forma parte de una central eólica. Moviliza energía a cambio de ese aire que rara vez nos molestamos en amar.

La sien alucinógena

Es el pozo donde abreva el pensamiento. Está llena de cosas que todavía no existen. Cada idea se dora, como en una sartén hipotética, al calor de la sien. Guarda también los dilemas que hemos olvidado. El invierno los conserva en perfecto estado de dolor.

Pese a su apariencia aproximadamente redonda, el microscopio nos revela su espiral interior. Por eso nuestras obsesiones desembocan sin remedio en ella. Una sien estándar transmite una inquietud, atrae un dedo hacia su icono y activa de inmediato sus funciones.

Las venas se entrelazan y confluyen aquí. En su río crispado no falta la pesca, aunque existen sospechas sobre su contaminación. Se han capturado ínfimos peces que parecen salidos de alguna pesadilla de Paul Klee. Muchos carecen de bronquios o lucen un ojo en cada escama; sus colores son tan anómalos que se aterrorizan entre sí. ¿Quién no ha braceado en esas profundidades durante una tormenta de embriaguez?

Resulta inspirador observar los efectos lisérgicos de un masaje en la zona. Los bordes de lo real se desdibujan y los insectos se abstienen de atravesar el aro de la sien. Ninguno sobrevive a lo que ve del otro lado.

Está empíricamente comprobado que la atención es una disciplina que atañe a cejas y sienes. Las primeras sucumben a los vaivenes de la edad: los jóvenes se las depilan, los ancianos las pierden. Las segundas, en cambio, defenderán su puesto hasta el último día.

Cuentan que, en el origen de los tiempos, prevaleció una sesuda Sien platónica a la cual imitaron todas las demás. Desde entonces sus variantes son escasas. Aun así, podemos esbozar algunas diferencias menores.

Las planas aceleran el patinaje de la uña, que va dejando un rastro en ellas. Las hundidas ofrecen un molde para nuestras huellas dactilares: quedan impresas y se desvanecen, igual que cualquier otra identidad. Las abultadas cunden entre las almas ansiosas. Quieren asomar un ápice fuera del cráneo, anticipándose a sus elucubraciones.

Las canas han dado en la sien con un marco para expresarse. Mientras pierde colores, cada pelo reluce. Su prestigio se difunde entre personas habituadas a leer y no pocos doctores en Antropología. Pero acaso la más plena sea la del calvo. Sin distracciones ni competencias alrededor, ella gana terreno. Expande su halo. Se santifica.

Su cielo está poblado de lunares. Esa constelación ejerce casi la misma influencia en nuestro destino que una cadena de genes. Rascarla demasiado, o apoyar por accidente la punta del lápiz, altera los horóscopos. Si se invierte y se frota con cierta convicción, la goma de borrar nos permitirá empezar de cero.

Cuando un labio visita la sien, ambos intercambian facultades: el primero intenta pensar y la segunda, hablar. Menos amables resultan las incursiones del dedo índice, que taladra su razón hasta encontrar un yacimiento de locura. Se ha popularizado el gesto que señala este fenómeno.

La sien es un tumulto, un patio de vecinos donde nadie duerme. Cada vez que rompe a latir, en la cabeza se abren y se cierran ventanas. Algunas piden silencio. La mayoría, sangre.

El ojo como déspota ilustrado

Por mucho que se empeñe la anatomía ortodoxa, el ojo no pertenece al cuerpo, sino a su posibilidad de representación. Reconoce cada forma que surge del horizonte como un brazo por encima de una tapia. Sin aval óptico, viviríamos rodeados de conjeturas. Nuestra carne hace diana en la retina.

Déspota ilustrado, se entretiene concediendo libertades e imponiendo tributos. Organiza revoluciones de asombro que él mismo sabotea no bien se ha acostumbrado. Y, mientras amontona más rutina en sus calabozos, un grupo de percepciones rebeldes excava túneles en la pupila.

Un ojo promedio se compone de nervios, sangre y obsesiones. Los primeros le permiten oscilar escaneándolo todo. Sus visiones navegan por la red fluvial de las venas. Una vez amarradas en la córnea, el músculo ciliar levanta esas imágenes, las sopesa en lo que dura un relámpago y las deposita en el muelle de la experiencia.

Mucho se ha especulado acerca de los parpadeos. Que si la higiene, que si la seducción, que si el sistema parasimpático. Nada de eso: a través de este simple mecanismo, el ojo deja entrar y salir los bártulos de la realidad, que es pura intermitencia.

Algunos corazones pueden sobreactuar el patriotismo; los ojos solo tienen vocación extranjera. Corren nómadas por la pantalla y se precipitan hacia lo que no han visto, fanáticos del *reset*.

A los hombres se los educa para ojear con apremio lo que desean, o acaso creen desearlo porque ojean así. Las mujeres mironas son secreta legión. Algunas de sus compañeras tienden a fisgar en segunda instancia, una vez que su interés ha sido captado por otra vía. No miran menos, sino en distinto orden.

La prueba horizontal, reproducida con éxito en variopintas circunstancias, nos confirma lo siguiente: mientras que una notable mayoría cierra los ojos para bucear en su goce o avergonzarse de él, una porción díscola los mantiene bien abiertos, persiguiendo la imagen de sus sensaciones.

Adjudicarles un color específico resultaría tan arbitrario como cuantificar las hojas de los árboles. Se ha logrado no obstante consensuar ciertas pautas.

El ojo negro anochece tarde. El celeste, por el contrario, valora el desayuno y la puntualidad. El verdoso aloja una tundra y agradece el invierno. Aprovechando su textura de postre, el ojo miel puede cuajarse de ira sin que nadie lo advierta. El azul se aburre con facilidad. A veces preferiría un adversario ocurrente que otro guiñito romántico. Víctima de la estadística, el marrón fermenta sus emociones en barriles. El enrojecido tiene algo de viejo mastín: amenaza con morder y se duerme en cualquier sitio.

Sus brillos constituyen una ciencia aparte. Hay ojos que destellan como cuchillas. Los turbios poseen el don de la ebriedad y las ventajas de la ambigüedad: son lo que sepamos ver en ellos. A diferencia de los tenues, que parecen suplicarnos que apaguemos la luz y los dejemos solos, los estrellados emiten un resplandor lleno de motas que se esparcen por el aire. Los acuosos flotan en sus penas de anteayer.

¿A qué velocidad cae una lágrima? En términos físicos, médicos y poéticos, la respuesta está en la gravedad. Un buen llanto no es de arquitectura fácil. Se concibe en la cúpula, afecta a los pilares, ablanda los cimientos.

Planeando igual que parapentes, las cejas supervisan la mirada. Tupidas irradian solvencia y cierto carisma de pubis. Interrumpidas dejan disponible un tragaluz. Cuando no están, es que han salido a acompañar la sombra de quien sufre. Depiladas ostentan una caligrafía escolar, quizá porque confunden belleza con esmero. Ojo sin ceja equivale, en su caso, a falta de ortografía.

Recordemos que el idioma facial se compone de cinco vocales oculares, debidamente acentuadas. Las redondas expresan vivacidad o pasmo. Las ovales destacan por su perspectiva. Pese a su fama de risueñas, a las rasgadas se les imputa un deje de rencor, como si se enfocasen para identificar a su enemigo. Las saltonas se han demostrado más aptas para la confrontación que para el sosiego. En este último caso rigen las hundidas, que se ensimisman para contemplar mejor.

No hay disimulos cosméticos que valgan: los anillos oculares delatan nuestra edad con mayor exactitud que las patas de gallo. Su paciencia crece al estilo concéntrico de los árboles. De ahí que la vista se reconcilie al posarse en un bosque.

El más leve matiz en la separación entre ojos puede alterar su carácter. Los estrábicos guardan la distancia y no se conforman con sus primeras impresiones. Examinados de cerca, los bizcos insinúan el signo del infinito.

Una buena artimaña para no terminar nunca de mirar es la miopía, menos defecto que recurso plástico: los objetos se reconfiguran con la elegancia de una pinacoteca. Cuando la opacidad desborda el cristalino, la luz se agolpa en cataratas que no pueden atravesarlo. El ojo tuerto mira al interior y dialoga desde la oscuridad con su compañero. Bordeando el experimento conceptual, la ceguera se sumerge en una epifanía sin color.

Un ojo es cien por cien imbesable. Testigo permanente del amor físico, no recibe ni una pizca. Y, al verse fuera de su campo de visión, sigue buscando.

Párpado proyector

Los párpados tienen un comportamiento de cineasta: desaparecen para que creamos lo que vemos. Al cerrarse no nos ciegan, más bien proyectan sus propias imágenes. Todo aquello que contemplamos con los ojos abiertos es apenas un recuerdo de esas figuras.

Un párpado se despliega como una minúscula persiana: el efecto de siesta es inmediato. Cuando sabe detenerse a media caída, sosteniendo el instante, alcanza un irresistible magisterio. Idolatramos al que se curva un poco en las esquinas, mezclando languidez con atención. Frecuente en divas y galanes, ha conquistado pueblos enteros en un abrir y cerrar de qué.

Según se ha expuesto con anterioridad, todo enamoramiento conduce al anhelo de besar esos ojos que nos reflejan. Pero ahí se interponen, policiales, los párpados. Las quimeras son solo asunto suyo.

Naturalmente, fracasamos también en la observación de los nuestros. Descendientes del papiro por la memoria que preservan y su fragilidad engañosa, soportan mejor el tiempo que la curiosidad. Algunos visionarios se quitaron la vida intentando escapar de ellos.

Un milímetro más allá, al otro lado del abismo de la mirada propia, se enredan y confabulan las pestañas. Duele decir pestañas: cada vez que las nombramos, cae una. En la proporción entre masa e influencia, son sin duda líderes. La carne tiembla cuando ellas quieren.

Los párpados oscurecen en presencia del insomnio o del deseo, circundando la noche. Enrojecen de rabia, palidecen de miedo. El maquillaje les despierta una algarabía tornasol. Los grises retienen el humo y los amarillentos prevén el diagnóstico.

Con el paso de los años adelgazan su sueño. Se llenan de manchitas más lentas que el pasado. Acumulan sombras que se van alargando imperceptiblemente, como un antifaz final.

Multicuerpo del alma

El alma existe lo mismito que el codo (flexible, afilada, poco obvia) y surge igual que la lengua (locuaz, catadora, huidiza). Se estira cuando desea y se repliega en cuanto teme. No se puede abarcar por razones invisibles.

Desoyendo las supercherías que se han divulgado acerca de ella, rara vez se pronuncia en las zonas más explotadas por la retórica, tales como corazón, cabeza u ojos. Su instinto de protección tiende a evitar lugares tan expuestos, donde un verso afectado o una mala plegaria podrían herirla fácilmente. Por este motivo, el alma se manifiesta allí donde nadie la espera: una uña, la papada, la rótula. En fechas señaladas se inclina hacia el hueso sacro, que oficia la unión del cuerpo con su dorso.

Abundan las evidencias de que el alma es multifísica. Su naturaleza se acerca al músculo, ya que se fortalece con los ejercicios. Tiene algo de tendón: aguanta el remolque del tiempo, como un buey tirando de un carro de experiencias. Posee la sutileza del cartílago, cierta disponibilidad para amortiguar. La solidez del hueso y su vocación vertebradora tampoco le resultan ajenas. El alma es nervio, un manojo de impulsos que se comunican. Pero también mucosa, porque protege lo más íntimo y anida en los rincones. Y articulación, siempre capaz de conectar dos planos. Y desde luego arteria, cuando colma su vaso de sangre. Y órgano vital, entregada sin tregua a funciones primordiales para la supervivencia. Por último, es cutánea: un misterio que toca superficie, un temblor aquí ahora.

En armonía con este carácter mestizo, sus lesiones pueden ser de toda índole. Se contractura regularmente a causa de las expectativas defraudadas. Cada rechazo le provoca un hematoma. Los desgarros son típicos de las despedidas. Se han descrito asimismo cuadros de tendinitis por exceso de responsabilidad. Los episodios de hemorragia, por lo general esporádicos, suelen provenir de alguna decisión errónea. Cualquier alma se arriesga a un esguince al decir que sí queriendo decir no.

Para recuperar su elasticidad, se recomienda intercalar compromisos firmes con breves intervalos de negligencia. Una envidia inconfesa termina en intoxicación. Un remedio casero –de mayor efectividad que interrumpirla de golpe– es aceptarla. Si no se la trata con radiaciones de amistad y viajes balsámicos, la fractura de amor puede volverse crónica. Se han registrado perforaciones en las maniobras de humillación continuada. Permanecen incurables hasta hoy.

El alma no es femenina ni masculina, o es ambas cosas, o una tercera, cuarta y enésima. Va siempre de camino hacia otro lado. Cada voz que encuentra la bautiza a su manera. Transida en los místicos, voluntaria en los trans, no distingue entre nombres ni moradas. Lo único sagrado es su transformación con el deseo.

Periferia con centro en ella misma, se asemeja a una diana y la emoción, al dardo. El alma es una obra de vanguardia sin autor. Metaboliza imágenes y segrega visiones veinticuatro horas al día. Verbigracia, una selva donde crecen aviones y adverbios. Un glaciar engarzado en un anillo. Un volcán emitiendo acordes mayores. Una montaña de espejos cuya altura refleja la de su escalador. Una catarata que es un pentagrama que es un sistema ferroviario. Un mar donde las olas rompen desde los cuatro puntos cardinales. Un atardecer blanco.

El alma rodea el talón, capta un pie peregrino, funda el país del callo, se adapta al tobillo, se encarama a la pierna, teje la rodilla, abraza la cadera y le agradece, colma la vagina, pendula con el pene, enciende el clítoris y el glande, se aferra fuerte a las nalgas, se dirige fervorosa hacia el túnel del ano, lo recorre con su gracia y, al modo de un juego de mirillas, asoma por el ombligo, tantea el timbal de la barriga, trepa retrospectiva por la espalda, radiografía el pecho, bosqueja los pezones, escarba en la axila hasta encontrar un pájaro, sobrevuela el hombro, enumera las pecas, se desliza deseante por el brazo, dignifica el codo, puebla la mano y gotea entre los dedos, se roza la boca, besa sus propios labios, se enjuaga la voz a punto de cantar, tira del diccionario de la lengua, extrae el jugo del verbo y emerge renovada, caracolea alrededor de la oreja, la incita a escuchar, arrulla a la mandíbula, tamborilea en la sien, siente el pulso del pensamiento, detecta la intuición de la nariz remontando el tabique, se sumerge en el ojo como una niña que vuelve a casa, palpa el párpado, se prende a las pestañas y se eleva, corona al fin el cráneo, se irradia en los cabellos, se dispersa, alcanza su sitio justo ahí, en la frontera entre un pelo y el aire, pizca que trasciende: el alma inventa el alma, no existe sin los ruidos de la anatomía, asciende un poco más, tirita, se ríe y se evapora.

Noviembre de 2012 —julio de 2019

Corpus de gracias

Este es un libro escrito desde el cuerpo, es decir, esencialmente colectivo. Algunas personas dedicaron su tiempo a leerlo y se hicieron presentes. Gracias a Juan Casamayor, Ana Pellicer, Eloy Tizón, Lila Biscia, Rafael Espejo, Rosa Berbel, Munir Hachemi y la sabia juventud de la tertulia Nunquam. Y siempre, y como nunca, a Erika Martínez.

Esta segunda edición de
Anatomía sensible
de Andrés Neuman
se terminó de imprimir
el 1 de diciembre de 2019.